UN HÉROS TRÈS DISCRET

DU MÊME AUTEUR
CHEZ POCKET

LA DÉSIRADE
L'EMPIRE NOCTURNE
MÉMOIRES DE SEPT VIES
LE SECRET DU ROI DES SERPENTS

JEAN-FRANÇOIS DENIAU

UN HÉROS TRÈS DISCRET

OLIVIER ORBAN

ISBN : 2-266-07396-6

Ce récit m'est parvenu de façon anonyme. La seule indication est celle du cachet de la poste : TANGER.

Les documents consultés et mes propres souvenirs me donnent à penser que la plupart des faits sont exacts.

En revanche leur présentation m'a paru pour le moins tendancieuse. Les opinions du narrateur ne peuvent être considérées comme les miennes.

J.-F. D.

1

SOIR DE VENT À TANGER

DEPUIS si longtemps, plus de quarante ans, j'hésite à écrire cette histoire. Peut-être le vent est-il trop fort ce soir. Il chasse mon papier, il fait trembler ma main, il brouille mes pensées. Peut-être ai-je peur. Peut-être une fois de plus, je vais renoncer à raconter la vie d'un homme qui ne fut qu'une immense et soigneuse tromperie. Il voulait la gloire, mais il n'était pas courageux. Il cherchait la respectabilité, mais il n'avait pas la patience de la mériter. En fait, il n'aimait pas attendre. Alors il inventa sa vie.

Albert Dehousse (il eut beaucoup de noms : gardons-lui celui-là) a vraiment existé. De 1945 à 1947 il a dirigé les services secrets de la zone française d'Occupation en Allemagne. Il a eu pouvoir et honneurs. Les gendarmes le saluaient. Les chauffeurs lui ouvraient les portières. Il notait des centaines de subordonnés. Il paraphait des rapports classés « Confidentiel-Défense ». Il décidait et influençait ceux qui décident. On l'a craint et haï. Son entourage se demandait : de quelle humeur est le patron aujourd'hui ? On l'a aimé aussi. Et pourtant il n'était rien, rien qu'un air, des mots, une apparence. Moins que ces lettres que je trace, du vent, seulement du vent. Mais si je dis la vérité, c'est moi qui serai accusé de mensonge, tant Albert Dehousse savait mentir. D'ailleurs il ne mentait pas. Mieux que vrai, voilà son style. Un artiste.

Ici, à Tanger, le vent violent soufflant de l'est rencontre aux portes du détroit un vent adverse qui, disent les marins, hale le nord-ouest. Au tourbillon des airs répond celui des eaux de l'Atlantique et de la Méditerranée. Courants et contre-courants s'affrontent et se mêlent. Les uns en surface dévalent en torrent vers l'océan. Les autres en profondeur, fleuve sous-marin énorme, coulent et remplissent la Méditerranée. Sans eux, on irait vite à pied sec de Marseille à Alger. Au bord de tous ces remous, Tanger, port en eaux troubles. Des esthètes américains tentent d'y retrouver des sagesses grecques. Les trafiquants de la grande époque du statut international racontent dans les bars leurs souvenirs de la guerre des cigarettes blondes. Cette ville, est-elle de l'Est ou de l'Ouest ? Seulement la plus occidentale d'un Orient qui commence en Extrême-Asie ; ensuite, pendant des milliers de milles, il n'y a plus que la haute crinière blanche des vagues que l'alizé chasse en claquant son fouet vers les Amériques. Est-elle du Nord ou du Sud ? Seulement la plus septentrionale d'un midi qui monte du fond des déserts, et les touristes d'un jour viennent en masse y acheter chéchias, babouches et dinanderies de bazar pour témoigner qu'après l'Espagne ils ont aussi « fait » l'Afrique. Les vents de deux mers et de deux continents sont si rudes qu'ils font tourbillonner les pensées comme feuilles mortes dans le patio. Et les mots se bousculent en bruissant, autres feuilles mortes secouées par le vent.

Dire qui était Albert Dehousse n'est pas facile. Je sais qu'il brisa nos vies par sa trop éclatante réussite dans l'imposture. C'était tuer l'espoir que de donner trop de faux espoirs, à nous qui étions si jeunes. Défi aux besogneux de la vérité, il démontra que les existences les plus dignes d'intérêt doivent être entièrement imaginées. Je vais essayer de raconter son aventure ; si je l'ose, et si le vent un moment me laisse en paix.

Au cœur de la Casbah se cache un couvent de franciscains et le chant d'une cloche catholique se mêle à celui du muezzin. Même la foi n'est pas simple à Tanger. Les troncs blancs des platanes se confondent dans l'obscurité avec ceux des micocouliers. La rumeur de la mer couvre et découvre celle de la foule dans le marché, comme le bruit du ressac laisse entendre entre deux vagues celui des galets roulés sur la grève. Le souk principal est appelé le Grand Socco. Ici on parle assez naturellement le sabir ; en plus de l'arabe, du berbère, de l'espagnol, de l'italien, du français, de l'anglais, du maltais, du turc, du catalan, que sais-je, du portugais, du grec. Que chantait Molière pour la cérémonie d'intronisation du *Bourgeois gentilhomme* en mamamouchi ?

Si te sabir
Te respondir
Si non sabir
Tazir, tazir.

Toutes les questions du passé s'agitent en moi comme les courants contraires du détroit. Depuis plus de quarante ans, j'hésite à raconter la vraie histoire d'Albert Dehousse. *Tazir, tazir,* me conseille le vent fou qui secoue la vitre et passe en chuintant sous la porte. Peut-être est-il plus sage que moi et peut-être ai-je eu raison de me taire si longtemps. Le secret d'un homme et d'une vie ne se dévoile pas aisément. Je me souviens comme d'hier de ce soir où nous nous étions retrouvés vers la fin de 1946 aux Bains de Baden, la capitale de la zone française d'occupation en Allemagne : le colonel Dehousse, le chef de bataillon Leguen, le capitaine Boutin, le lieutenant Meyer-Meyer, quelques autres dont j'ai oublié le nom. Nous étions assis sur les bancs, nus, côte à côte, les bras croisés, une serviette sur les genoux. Et à un moment, j'entends encore sa voix rugueuse — il avait l'air d'engueuler ses interlocuteurs même quand il leur demandait son chemin —, Leguen dit en se raclant la gorge : « Mais, mon colonel, vous avez bien été blessé au poumon ? Je ne vois pas de cicatrice. » Dans la brume du sauna, la silhouette mince de Dehousse ne bouge pas. Sa voix un peu trop haute perce le nuage de vapeur et il répond en riant : « La balle a pu entrer sous l'aisselle. Vous n'allez quand même pas me demander de lever les bras pour vérifier, non ? » Mais il vaut mieux que je raconte cet incident si exemplaire au moment où il se produisit. Plus tard. Disons seulement pour le moment que chacun ramassa sa serviette et sortit. La vapeur avait atteint la température limite.

Ce rire dans le brouillard... En me souvenant de cette scène, là, maintenant, j'ai un frisson de peur, comme si j'avais évoqué un spectre, qu'il se trouvait debout derrière moi, et que je sentais son regard sans yeux sur ma nuque. Je ne peux plus le chasser. Parfois les apprentis sorciers connaissent ainsi les mots pour faire apparaître des ombres, mais ensuite ils ne savent plus les faire disparaître et en restent prisonniers.

Oui, je vais la raconter, l'histoire d'Albert Dehousse. Même s'il y a davantage d'impudeur à lever un bras pour montrer son aisselle qu'à rester nu, assis, dans les bains de Baden-Baden un soir de septembre 1946. Même si je ne suis pas encore sûr d'avoir tout appris et encore moins d'avoir tout compris. Un homme nu, immobile, garde plus de mystère que tous les képis galonnés et les importants en costume trois-pièces. Je vais chasser le mystère, et la pudeur. Un homme nu et silencieux est impénétrable. Je vais l'habiller, le faire parler. En le faisant vivre, je vais le trahir. C'est certainement ce vent trop fort qui m'entoure d'ombres dansantes et aspire des colonnes de poussière en fantômes chancelants, c'est lui qui me pousse à appeler ces personnages dont je ne sais plus s'ils sont vivants ou morts, mais que j'ai jadis côtoyés dans la vapeur des bains, au temps lointain de l'Occupation française en Allemagne.

Au-dessus de mon bureau, la glace en bois doré piquetée de mouchetures résiste mal à l'air humide de l'océan. Dans la glace, une invitation pour ce soir. Bristol gravé : le consul général du Portugal a l'honneur d'inviter... A la main en bas : *cravate noire, robe longue.* Je sais déjà qui assistera à ce dîner. Un antiquaire américain âgé, vêtu de lin mauve et son fils adoptif philippin. L'ancien consul de Danemark du temps de la Commission internationale, chauve et très sourd, qui prétend que le climat est favorable à ses vieux os. Il est surtout commode à ses habitudes de doux drogué. Il y aura aussi une comtesse italienne, dont personne ne sait si elle est italienne ni comtesse, mais elle a de beaux yeux saphir et de faux saphirs en bijoux qui mettent en valeur ses vrais yeux. Il y aura peut-être Meyer-Meyer, s'il n'est pas en prison, et s'il est de passage. Il y aura sans doute...

Sans doute je n'irai pas. Je vais écrire l'histoire que depuis plus de quarante ans j'ai envie de raconter. Celle du héros très discret de la dernière guerre mondiale qui disait s'appeler Dehousse Albert et n'avait jamais fait la guerre, qui fut condamné pour bigamie et que ses deux femmes ont tant aimé.

2

UN JARDIN D'ENFANCE

QUEL est l'avocat sans âme ni conscience qui le premier eut l'idée, pour obtenir les circonstances atténuantes, de plaider l'enfance malheureuse ? J'imagine le maître en robe noire un instant décontenancé parce qu'il n'a pu trouver dans le dossier de l'inculpé ni parents alcooliques, ni croix de guerre de bon aloi. Fâcheux tout ça. Et en plus, mon cher, vous êtes remonté pour achever de sang-froid votre victime après avoir quitté son domicile et descendu trois étages. Non, pas bon pour la plaidoirie.

Mais que me dites-vous ? Enfance malheureuse ? C'est très intéressant. Développez, développez s'il vous plaît. Désormais les assassins de la pleine lune vont systématiquement présenter aux assises leur brevet d'enfant malheureux. Si l'accusé est comme on dit de bonne famille et a eu une jeunesse plutôt choyée, alors la presse ou le procureur répéteront avec la force des lieux communs : « Il n'a même pas l'excuse d'avoir eu une enfance malheureuse ! »

La vérité, c'est le contraire. Avoir eu une enfance trop heureuse devrait ouvrir le droit à toutes les rancœurs, à tous les crimes, puis à tous les pardons : après une enfance heureuse, l'âge adulte et la vie ne peuvent que décevoir. Alors naturellement on ment, on vole, on tue. Pour tuer le souvenir même du bonheur perdu. De ce temps hors du temps, quand l'enfant s'invente des aventures héroïques et touchantes comme il en survenait au bon Paul dans *Les Vacances*. « On dirait qu'on serait sur une île déserte. Et puis on dirait qu'un serpent te mordrait. On dirait que je te sauverais. Et puis on croirait que je serais mort mais je ne serais pas mort vraiment. » Quand pour l'enfant solitaire le monde est un jardin à découvrir où ont leurs places et la peur de l'ombre et les fruits inconnus. Quand la nuit est un retour au sein maternel dans la chaleur des oreillers. Quand l'avenir est lisse et doux, avec la joie immense de croire que tout est possible. Devant un enfant on ne parle ni d'argent, ni d'amitié trahie, ni d'amour déçu, ni de vieillesse à charge. Ni de la fin de l'enfance. Il vaut son poids d'or et de ciel, ce droit de penser, agir, rêver sans conséquences. Et si l'enfant pleure, rien n'est irréparable parce qu'il ne sait pas que l'enfance se terminera. Un enfant malheureux est préparé à la vie : il ne peut pas prétendre avoir été surpris.

Mais un enfant qui a été heureux, comment pourrait-il supporter la haine envieuse des hommes et celle, propriétaire, des femmes ? Comment pourrait-il supporter de devenir un homme et de se heurter à tous les angles de ce monde ? Pour une fille, il était peut-être plus facile de sortir de l'enfance. Elle chaussait en cachette les souliers à talons de sa mère, essayait son rouge à lèvres, et puis un jour un cousin boutonneux cherchait à lui prendre la main dans le noir, elle était devenue une femme. Pour un garçon, avant d'être considéré comme un homme, il fallait attendre « d'avoir fait son régiment » disait-on à la campagne. Mais l'uniforme, la mue de la voix et quelques poils à raser ne sont rien à côté de cette condamnation prononcée par les grandes personnes : « Tu n'es plus un enfant maintenant, *tu es un homme. Tu n'as plus le droit de pleurer.* » Cela se venge comment, la perte du droit de pleurer ?

Scandale à faire douter de Dieu que le châtiment de l'innocence. Et qu'un enfant heureux ne le sera plus, seulement parce qu'il ne restera pas un enfant. Mais l'avocat de Dehousse n'a rien expliqué et sans doute rien compris. Il manquait de chaleur et de passion. Il n'y avait pas de public à l'audience. Le gouvernement avait exigé le huis clos au nom de la raison d'État, en fait pour éviter à l'armée et au pouvoir le ridicule d'avoir été bernés. Avant le procès, son défenseur avait dit à Albert Dehousse : « Déjà vous n'avez pas fait la guerre, dommage que vous n'ayez pas eu une enfance malheureuse. Nous plaiderons en droit strict l'exception d'incompétence du tribunal. » Albert Dehousse bien sûr eut le maximum.

Qu'on ne croie pas qu'il appartenait à une famille riche et puissante. Tout le contraire, à une famille déchue. Lui et sa mère (appelons-la Mme Dehousse, puisque c'est le nom que j'ai choisi de retenir) habitaient une grande maison de notaire, grise et carrée, humide, pleine de recoins, de couloirs et de marches, dans la banlieue de Lille à Lambersart. C'est tout ce qui restait d'une fortune qui n'avait pas été négligeable un siècle plus tôt. Avec les années, la banlieue était devenue ouvrière et des immeubles à loyer très modéré dont la peinture s'écaillait, écrasaient le bout de jardin en lui cachant le soleil. Il avait fallu louer les étages à des pensionnaires qui se plaignaient de l'absence de chauffage central et chipotaient sur leur quote-part de factures d'électricité. L'un des locataires était ivrogne, l'autre socialiste, du moins c'est ce qu'affirmait Mme Dehousse mère, qui les croisait dans l'entrée sans les voir comme s'ils étaient transparents. Au moment du terme, ils se vengeaient en faisant à leur tour semblant de ne pas la voir. Ainsi l'ombre des couloirs se peuplait de fantômes sournois.

Un autre personnage tenait dans la vieille maison une importance plus que naturelle : le souvenir du père. Quinze ans après sa mort, son couvert était toujours mis à table. Avec le couteau à gauche de l'assiette, parce qu'il était gaucher. Comment s'étonner qu'Albert ait pu par la suite confondre si efficacement rêve et réalité. Il avait vécu toute sa jeunesse avec de faux vivants. Il avait toujours entendu sa mère commencer ses phrases par « ton père pensait » ou encore, « c'était, j'en suis sûre, l'avis de ton père ». Et pourtant, Dehousse père n'avait rien d'une personnalité et il est même vraisemblable que sa veuve avait pour lui un assez tenace mépris. A part ses longues et fines moustaches qu'il séchait à petits coups de serviette précautionneux quand elles avaient trempé dans le potage, on le remarquait peu. Fragile, il avait été retiré très jeune du collège. Un ami de la famille, conseiller municipal, l'avait fait embaucher à l'octroi de la ville. Ses supérieurs le trouvaient inutile ; les usagers, brouillon ; ses collègues, fier.

Quand vint la Première Guerre mondiale, il ne fut rappelé qu'après les saignées de l'offensive Nivelle en 1915. Dans le centre mobilisateur, à l'arrière, il attrapa une pleurésie et traîna quelque temps d'hôpital en dispensaire avant d'être renvoyé dans ses foyers. Il mourut au début des années vingt, sans doute des suites de cette maladie. Cela permit à Mme Dehousse de se proclamer veuve de guerre pour tenter de regagner une considération sociale que la famille avait depuis longtemps perdue. Mais le dossier était faible, et d'ailleurs l'idée de présenter un dossier, quel qu'il soit, tout à fait indigne. Albert n'avait donc jamais été pupille de la nation. Sa mère le lui disait le soir, en tête à tête au dîner. « Tu aurais pu être », ou plutôt : « Tu aurais *dû* être. » Il n'est pas négligeable de savoir qu'il avait été élevé dans ce mode si particulier et assez amer qu'est le conditionnel passé.

Plus la famille s'enfonçait dans la demi-misère, plus les antiquaires emportaient discrètement meubles et tableaux pour assurer les fins de mois, plus on retournait les cols usés des chemises, plus on rallongeait le bas des pantalons, plus la maison était froide en hiver ; et plus les Dehousse tendaient à considérer que ce siècle corrompu s'était ligué contre eux et que leurs malheurs étaient dus à ceux des temps mais aussi au mauvais fonctionnement des institutions. Alors que l'aristocratie locale s'intéressait fort peu à la politique, Mme Dehousse, née Van Verwade, engagea contre la République une querelle personnelle.

Elle s'alimentait des scandales passés, Wilson ou Panama, et célébrait comme s'il s'agissait d'événements de la veille la vertu des officiers qui, au début du siècle, avaient brisé leur sabre plutôt que de se livrer aux inventaires sacrilèges ordonnés par le gouvernement. Au refrain des « aurait pu » vinrent s'ajouter quelques couplets sur la gloire amère du refus et la hauteur du sacrifice. Hélas pour les Dehousse de la dernière génération, cette forme d'émigration morale par rapport à son temps et à son pays, qui n'est pas sans noblesse, ne permettait pas de se réfugier totalement en dehors des réalités quotidiennes. Les factures s'accumulaient. La mort inopinée d'un grand-père portant beau fit apparaître l'étendue du désastre financier d'une famille dont une rue de Valenciennes portait le nom depuis près de deux siècles.

Parmi les ombres qui hantaient la vieille maison envahie de lierre, les plus importantes devinrent les liasses de papiers entassés dans des placards, et qu'en baissant la voix on saluait de « documents ». Personne, jamais, n'avait eu l'audace de les compulser. On se contentait de savoir qu'ils existaient, et que sûrement, en les lisant avec soin, on y trouverait la preuve que les Dehousse avaient été « des gens très bien ». La partie de la famille qui, à la fin du siècle dernier, n'avait pas souscrit d'emprunt russe, avait depuis longtemps pris ses distances avec les parents d'Albert. « Ils vivent, paraît-il, comme des ouvriers », disaient ces cousins rentés et lointains. « Les documents », répondait-on chez les Dehousse. Puis on ne répondit plus parce qu'on ne se voyait plus. De son vivant, si une expression aussi forte peut être employée dans son cas, Dehousse père ne se plaignait pas, rendons-lui cette justice. Il se contentait, plutôt que de parler à ses contemporains, d'émettre des sortes de bulles sonores qui faisaient vibrer ses moustaches et que sa femme interprétait. Avec le temps, Albert ne datait plus sa mort très exactement.

Les antiquaires ayant écumé le meilleur cédèrent au fil des ans la place aux brocanteurs. La maison se vidait comme un blessé de son sang. Les Dehousse n'avaient jamais eu de voiture, n'allaient pas en vacances alors que les ouvriers, eux, y partaient gaiement en tandem sous le soleil d'été pour la première fois. Albert entendait autour de lui les voisins s'étonner que Mme Dehousse ne travaille pas. « Jamais. Ce serait une honte pour une veuve de guerre. Et une Van Verwade ? Il n'en est pas question. » Maintenant elle vivait avec son fils, tous deux vêtus de noir, plus pauvrement que les habitants du quartier, un peu comme des chômeurs. Albert gardait de ces années le souvenir d'un bonheur sans limite.

Simplement, le monde n'existait pas. Les Dehousse n'achetaient pas de journaux par économie et mépris de ce que d'autres appellent « les nouvelles ». L'invention de la radio était d'autant plus repoussée comme maléfique que l'un des locataires, bricoleur, s'était fabriqué un poste et assourdissait la maison de chansons sirupeuses coupées pendant la guerre d'Espagne de bulletins du front de Teruel. Des livres, dont n'avaient pas voulu les brocanteurs, s'empilaient dans un couloir désaffecté qui menait à l'ancien office. Tout Jules Verne, chez Hetzel, tout Paul d'Ivoi. *Le Capitaine Corcoran* (et sa tigresse Louison). Onze années (1878-1889) du *Journal hebdomadaire des voyages et des aventures de terre et de mer,* prix : 15 centimes, bureaux : 7 rue du Croissant. Sommaire du n° 450 : « Savorgnan de Brazza » (remise au roi Makoko du Traité avec la France). « Les Mangeurs de feu » (suite). « Aventures d'un gamin de Paris au pays des bisons » (suite). Hip, hip, hurrah ! criait le colonel. « Le Journal d'un aspirant de marine » (suite)...

Comme elles étaient belles, les gravures en noir et blanc et leurs légendes péremptoires. Brandissant un revolver, un midship à fine moustache protège une jeune fille corsetée des attaques de sauvages emplumés et d'outlaws ivres. « Ce joujou est un six-coups, mademoiselle. Si vous le permettez, les deux derniers seront pour nous. Jamais je ne supporterai de voir ces brutes vous toucher. » La bibliothèque abandonnée ne manquait pas non plus de forts ouvrages reliés en rouge et or exaltant le trône et l'autel publiés chez Mame et Fils à Tours. Albert lisait et relisait dans la pénombre du couloir désaffecté, couché sur le ventre et appuyé sur ses coudes, les œuvres illustrées de vignettes très morales de Mlles Giraud et Dumoulin, de P.-J. Stahl, du chanoine Schmidt. Ainsi que les aventures exaltantes et pittoresques du *Journal de Saint-Nicolas* ou du *Petit Français illustré*. Et tant d'autres qui finissaient toujours bien, peuplées de fiers matelots, serviteurs dévoués, vicaires admirables, odieux traîtres, bons docteurs, farouches sauvages et lions mangeurs d'hommes.

Albert connaissait par cœur *Les Naufragés du Spitzberg, Les Pirates de la Prairie, Les Aventures de quatre déserteurs à travers Bornéo*. Il avait un attachement quasi amoureux pour ces dessins pleine page où la troïka échappait de justesse aux loups et où les gendarmes en bicorne au bon moment mettaient la main au collet du chenapan. Le personnage de l'Anglais était indispensable. « Milord, n'y aurait-il pas quelqu'un derrière vous ? — *By Jove,* vous avez raison, Miss Édith. C'est même un ours polaire. » On n'aime pas les Anglais qui ont brûlé Jeanne d'Arc, ignoblement traité Napoléon et vont sûrement nous voler Fachoda, mais il faut leur reconnaître un certain flegme.

Rien d'autre n'existait que la vie de ces livres un peu jaunis dont les souris avaient parfois mangé une page. Albert, lampe éteinte, dans son lit étroit, se plaisait à reconstituer le dialogue manquant. Toute la journée, l'esprit absent, en classe, en chemin, Albert attendait de les retrouver. Quand il avait mal à la tête de trop de naufrages aux Caraïbes et d'explorations aux sources contestées du Nil, il sortait dans le jardin sans voir le cercle de logements ouvriers en béton qui l'écrasait. Pour la société des hommes, ce jardin ne représentait sans doute que quelques mètres carrés ne pouvant pas même bénéficier d'une autorisation de construire. Pour Albert Dehousse il était la suite logique de ses livres et la preuve naturelle que leurs récits composaient le seul univers digne d'intérêt. Le bosquet de quelques marronniers et la zone d'ombre en contrebas étaient à la fois la jungle et l'océan, tout ce qui est profond, noir et fait peur. Les traces d'espaliers sur le mur en ruine, le signe conduisant au manoir enchanté. Le puits comblé, le piège à éviter. L'abri à outils aux vitres cassées, le but de la longue quête du Chevalier blanc. Alors sa mère l'appelait à table en lui intimant d'essuyer ses chaussures et de se laver les mains.

Parfois, après la pluie, des flaques d'eau se formaient dans l'allée. Albert les reliait les unes aux autres en creusant avec deux doigts un canal de Suez ou un détroit de Malacca. Puis il y lançait des flottes de vaisseaux de guerre, bouts d'écorce sur lesquels il embarquait ces insectes ovales rouge et noir qui prolifèrent sur les vieilles souches et que dans mon enfance on appelait des « soldats ». Dans les affrontements entre escadres, il y avait des pertes. Pour saluer les victimes et décorer les vainqueurs, Albert Dehousse se parlant à lui-même en bougeant à peine les lèvres jouait à la fois le rôle du héros et celui des hautes autorités présentes. Les formules martiales lui venaient aisément. C'étaient celles des communiqués publiés en encadrés dans les numéros de *L'Illustration* des années 1914 à 1916. La collection s'arrêtait à cette date, l'abonnement n'ayant plus été payé.

Peu de gens ont eu aussi longtemps une vie aussi protégée qu'Albert. Il le disait lui-même : *J'ai eu une enfance si heureuse.* La gêne ou la quasi-misère était une barrière supplémentaire qui le défendait de ce monde. Pas de cinémas, de week-ends en bandes, de vacances à la mer. Pas non plus de vrais camarades d'école.

Un essai au lycée ne dura que quelques mois. Albert avait un visage très fin, tardait à muer et sa mère se refusait à couper ses cheveux blonds qui bouclaient naturellement. En classe on l'appelait « la fille », on se moquait de lui, on le pinçait. Quand Mme Dehousse le trouva en train de se couper maladroitement les cheveux avec ses ciseaux à ongles, elle le retira et le mit dans un cours privé où il fut accepté par charité en souvenir de l'arrière-arrière-grand-père dont une rue portait le nom. Là on l'appelait seulement « le pauvre ».

Albert était bon en géographie, en histoire et en rédaction, toutes disciplines où il faut raconter. Il paraissait absent dans les autres. Je ne sais plus s'il obtint son baccalauréat : la première partie je crois. Sa mère déclara que les diplômes étaient inutiles et que l'université n'était que prétexte à mauvaises rencontres. Les études, avant-guerre, coûtaient cher. Albert resta à la maison. Par un accord tacite, il ne chercha pas même un métier. A quoi bon chercher, puisqu'il n'y avait plus d'emplois ? Sans écouter les nouvelles, les Dehousse savaient que le monde entier se débattait dans la crise. Attendons encore quelques années, que la crise soit finie et la République corrigée. Ainsi passait le temps dans les années trente.

Albert mettait un tablier à volants et aidait

sa mère à la cuisine. Il aimait ces travaux ménagers qui occupent les mains et laissent l'esprit rêvasser. Tout en poussant le balai, il se disait : « Un jour j'écrirai un grand livre. » Puis un rêve en amenant un autre, il se racontait que le maharaja de Gwondarana le faisait son légataire universel parce qu'il lui avait sauvé la vie en détournant la charge d'un éléphant sacré devenu *amok*. Ou que son Colt à la main il assurait l'évacuation du steamer-ship *Gigantic II* en criant : « Les femmes et les enfants d'abord. Je brûle la cervelle au premier qui passe avant son tour. » La voix un peu aigre de Mme Dehousse (ou était-ce la maison qui sentait le ranci ?) le ramenait sur terre : « Tu vas rayer l'argenterie. C'est tout ce qui reste de ta malheureuse grand-mère. Prends donc un chiffon de feutre. »

A Paris la foule devant la Chambre des députés criait : « A bas les voleurs ! » Les ministères tombaient. Des gardes mobiles à cheval chargeaient des grévistes. Mme Dehousse fermait les volets sur la rue en disant : « Ton pauvre père avait bien raison : ce monde est devenu fou. »

Le Front populaire prit le pouvoir en France, puis le perdit. Les Dehousse en reçurent l'écho affaibli le jour où la circulation dans Lambersart fut détournée par leur rue en raison de manifestations violentes en centre-ville. L'Allemagne, après avoir avalé l'Autriche et la Tchécoslovaquie dans le silence complice des démocraties s'entendait avec l'Union soviétique. Nazisme et communisme se serraient la main avant de se la prêter pour mieux étrangler la Pologne. Des excellences en col cassé et parapluie parlaient de paix. Le monde résonnait de bruits de bottes qui s'arrêtaient au mur moussu du jardin. Venaient s'y éteindre les noms de Hitler, de Mussolini, de Staline, de Roosevelt presque aussi lointains que celui de Mao. Qui marchait, et où ? Contre qui ? Pourquoi ?

En tant que fils unique de veuve non remariée, Albert avait été automatiquement dispensé de toute obligation militaire. La mère et le fils apprirent le déclenchement de la Seconde Guerre mondiale par le locataire socialiste qui, pour mieux suivre l'événement, avait mis sa radio plus fort. L'autre locataire, que Mme Dehousse appelait l'ivrogne, entonna des chants libertaires. Albert s'enferma dans le couloir aux livres et relut quelques récits patriotiques destinés pendant la Première Guerre à remonter le moral de l'arrière. Pour lui, de toute façon, il ne pouvait s'agir que d'un épisode romanesque.

3

YVETTE

LA première région militaire (Nord et Pas-de-Calais) mobilise ses réservistes. A Lille, le 43e RI fournit les cadres du 33e RI de Béthune. Son 5e bataillon donne naissance au 100e RI à Orchies et son 4e bataillon, caserné à Valenciennes, au 54e régiment d'infanterie de forteresse de Saint-Amand. Comme ils ont dû se sentir importants, messieurs les commis d'état-major en compilant leurs dossiers et en déplaçant leurs petits drapeaux. La mobilisation a été un modèle d'organisation. La presse titre : « Jamais l'armée française n'a été aussi puissante ni aussi bien commandée. » Des affiches couvrent les murs pour proclamer : « Avec votre ferraille nous forgerons l'acier victorieux. »

Le monde en guerre frappe à la porte de la maison Dehousse. D'abord un groupe scout qui justement récupère la ferraille pour la patrie. Puis en la personne d'un chef d'îlot à sifflet, en bandes molletières et coiffé d'une bourguignote, chargé de recenser les caves pouvant servir d'abri. Enfin un avis de la mairie enjoint d'aller retirer des masques à gaz à l'ancienne école maternelle de la rue Chalempin. Une des conséquences de tous ces ordres et mouvements fut qu'Albert rencontra Yvette.

Le chef d'îlot avec l'autorité de son casque décréta que la seule cave digne d'être un abri dans tout le quartier était celle des Dehousse. Malgré les protestations de Mme Dehousse qui lança à l'adresse du représentant de la défense passive ce cri superbe resté incompris : « Vive l'Ancien Régime ! », la cave fut donc classée abri antiaérien, avec exercice collectif d'alerte trois fois par semaine. A la grande satisfaction du chef d'îlot, au début les familles modestes du secteur vinrent en grand nombre, intéressées sans doute par l'idée de voir l'intérieur des Dehousse (l'escalier desservant la cave partait pratiquement de la salle à manger). La population craignait les gaz, les zeppelins, la grosse Bertha comme en 14-18. Les parquets furent souillés de traces de semelles. Un cache-pot disparut.

Mme Dehousse se refusa à descendre dans « une cave qui n'était plus la sienne ». Yvette, qui habitait avec ses parents l'un des immeubles surplombant le jardin, se heurta dans la pénombre à un jeune homme blond. Elle s'excusa. Il s'excusa. Elle lui demanda s'il savait où étaient les toilettes. Il dit que oui, qu'il fallait remonter et lui montra la porte. Elle lui dit merci. Par discrétion, il redescendit dans la cave.

Quelques jours après, ils se trouvèrent de nouveau côte à côte à l'ancienne école maternelle pour l'attribution des masques à gaz.

— Nous sommes sûrement voisins, dit-elle.
— Oui, sûrement.
— Vous paraissez bien connaître la maison Dehousse.
— Je suis le fils Dehousse.
— Ah... Mon père est brocheur chez M. et D. (Il y avait un peu de provocation dans cette déclaration de classe sociale laborieuse.)
— ...
— Moi, je travaille comme comptable chez M. et D.
— ...
— Et vous, vous travaillez où ?
— Je ne travaille pas.
— Ah... (Elle avait une façon assez charmante d'arrondir la bouche pour dire ah, tout en levant un sourcil.)

Franchement, je me souviens assez mal d'Yvette à cette époque. Je sais bien sûr qu'elle a été l'une des deux femmes d'Albert Dehousse. Mais quand je pense à elle, je la vois plus âgée. Une sorte de fruit rouge plutôt duveteux et un peu humide. Elle avait dû toujours être assez forte. Peut-être sa gentillesse grassouillette attira Albert. Elle ne lui faisait pas peur. Il faut dire que c'est la première femme qu'il rencontrait à près de vingt-huit ans. Il lui trouva les yeux tendres.

L'été 1939 et l'automne passèrent. Les exercices d'alerte lassaient, plus personne ne pensait aux masques à gaz relégués en bas des placards, la guerre semblait si lointaine et irréelle. Chaque jour, sans être gêné, un avion allemand venait photographier les travaux de fortification entrepris assez mollement dans la région de Lille pour prolonger la ligne Maginot. Le locataire socialiste mettait Radio-Stuttgart où le traître Ferdonnet chantait : « Les Anglais donnent leurs machines, les Français leurs poitrines », les machines-outils françaises étant incapables de fournir en obus l'armée française. Les Polonais qui travaillaient dans les mines du bassin charbonnier voulurent aller se battre en rejoignant l'armée Sikorski. Les autorités les en dissuadèrent : les Marocains qu'on avait fait venir en remplacement donnaient moins de satisfaction aux ingénieurs du fond. Les dames de la bonne société tricotaient des passe-montagnes pour nos soldats. Les députés du Midi offraient du vin chaud. L'hiver 40 fut long et humide. Les troupes françaises attendaient. On a toujours l'air stupide quand on attend.

Il fallut non seulement la guerre mais la défaite pour qu'Yvette et Albert se revoient.

Rarement il y eut un aussi joli printemps. Le jardin embaumait le buis et le réséda. La nuit du 9 au 10 mai 1940, les Dehousse et leurs locataires qui dormaient fenêtres ouvertes furent réveillés par des avions volant très bas. Dunkerque et Calais sont bombardés à 5 heures du matin. A 5 h 45, les troupes allemandes envahissent le grand-duché du Luxembourg. A 6 h 35, les 1re, 9e et 2e armées françaises entrent en Belgique. Les trois divisions légères mécaniques « fer de lance de notre corps de bataille » sont jetées en avant avec les divisions de cavalerie montée et les chasseurs ardennais. Ils recevront bien vite l'ordre de se replier. Les Dehousse apprennent tous ces mouvements de façon confuse à travers le plafond, par la radio du locataire... Le 13 mai à l'aube, beaucoup plus au sud quelques pionniers allemands ont franchi la Meuse dans des radeaux de caoutchouc. A 8 heures, les chars de la 7e Panzer du général Rommel traversent au nord de Dinant, la 1re Panzer du général Guderian à l'ouest de Sedan. En une semaine, tout est consommé. Le 20, à vingt heures, la 2e Panzer atteint la mer après s'être emparé de Péronne, Amiens, Abbeville. Les armées françaises du Nord, l'armée anglaise, l'armée belge sont prises dans la nasse, coupées du reste de la France.

Mme Dehousse et Albert ont refusé d'évacuer la vieille maison de Lambersart par peur de l'inconnu et d'abandonner le seul bien qui les attache à ce monde. Les deux locataires ont disparu. Pendant plusieurs jours les roulements des charrettes des paysans belges fuyant l'avance allemande, puis la rumeur des troupes françaises qui se replient en autobus ou à pied vers Dunkerque, ont bourdonné comme un essaim de guêpes en colère au-dessus du jardin. Dans la pénombre de la maison aux volets fermés, dans l'odeur des parquets trop cirés, les Dehousse grignotent du pain rassis et tendent l'oreille aux bruits de la ville et du monde qui viennent heurter leurs murs. L'eau est coupée et ils ne se lavent plus, sauf les dents. Encore des roulements sur les pavés, de blindés cette fois, qui font trembler les vitres et vibrer les assiettes dans le vaisselier de la grande salle à manger fermée depuis près de trente ans. Des bombardements lointains, avions ou tirs d'artillerie, leur répondent. Entre les lattes des volets, dansent les rais de lumière d'une journée trop chaude pour la saison ; des insectes y jouent.

— Qu'est-ce que tu regardes, Albert ? Ne reste pas près de la fenêtre.

— ...

— Albert, tu m'entends ? Je te dis de venir. Il n'y a rien à voir dehors. D'ailleurs on ne regarde pas dans la rue, cela ne se fait pas.

— Mère, il y a des soldats français à côté, au carrefour. Je crois qu'ils installent un barrage.

Mme Dehousse ne résiste pas, écarte les lourds rideaux grenat. Sous les ordres d'un capitaine, une compagnie de zouaves dépavent la rue, construisent une barricade, y jettent des meubles pris dans un rez-de-chaussée évacué, une voiture abandonnée en stationnement.

— Ils scient le grand acacia du trottoir au bout de la rue, dit Albert à mi-voix.

Sa mère se tait. Peut-être se demande-t-elle quel commentaire posthume attribuer à Dehousse père.

Un petit canon antichar de 20 et deux fusils-mitrailleurs sont mis en batterie. Le capitaine enfile des gants blancs qu'il boutonne avec précision.

— Je me demande s'ils ne préparent pas ce qu'on appelle « un baroud d'honneur », dit doucement Albert qui se souvient de ses lectures héroïques.

Pendant des heures, seulement l'écho de tirs lointains : les Allemands ont sans doute à faire à l'autre bout de la ville. L'air est aussi lourd qu'en été. Des zouaves, très jeunes, dorment la bouche ouverte. Le capitaine enlève son képi pour s'essuyer le front. Un civil sort d'une maison en rasant les murs, s'approche de l'officier et lui explique quelque chose que bien sûr les Dehousse n'entendent pas. Vus à travers les volets, les personnages sont striés de barres horizontales qui leur donnent l'air d'acteurs saccadés d'un très vieux film. Un autre civil se joint au premier. Puis une dame qui porte le voile et l'insigne de la Croix-Rouge. Puis une ménagère avec un enfant dans les bras. Ils entourent tous le capitaine, supplient, gesticulent.

— Que font-ils donc ? demande Mme Dehousse.

— Je crois, dit Albert, qu'ils veulent empêcher le baroud d'honneur. C'est ça : ils font signe que non. Ils ne veulent pas. Ou alors que le capitaine aille plus loin, pas à côté de chez eux. Ils montrent le terrain vague qui est après les immeubles.

« C'est ici, ici, maintenant. J'ai assez reculé, je ne reculerai plus. » Du moins, le capitaine fait des gestes qui veulent dire qu'il ne bougera plus.

Les jeunes zouaves se sont réveillés, plissent le front, clignent des yeux dans le soleil. Qui va gagner, leur capitaine, ou les habitants du quartier qui ne veulent pas qu'on tire sur leurs maisons ? Encore des civils. Sortent des appartements, qui avaient l'air vides, des fillettes en bas âge poussées en avant par leurs parents, un ancien combattant de 14-18 qui a mis ses décorations. Un curé en soutane parlemente. Le capitaine entêté tape du pied. Les soldats bâillent. La chaleur du jour décroît et les Allemands ne sont toujours pas apparus. Albert décrit à mi-voix pour lui et sa mère le va-et-vient des civils et l'attente des militaires devant la barricade mal terminée.

Qui a emporté la décision ? Le curé, l'ancien combattant, les fillettes, l'épicière du coin, le retraité du second, le vieil artisan du rez-de-chaussée ? Ou seulement la lassitude et la lourdeur de cette fin d'après-midi ? L'officier, d'un coup, a cédé. Albert n'a pas de doute. Il a vu ses épaules tomber. Le soir vient. Les Allemands n'ont pas attaqué le bout de rue perdu. La petite foule qui assaillait le capitaine de supplications se disperse avec des remerciements spectaculaires. Les rideaux des magasins retombent, les immeubles se referment, les trottoirs sont de nouveau déserts. Albert se demande quelle va être la fin du film muet auquel il assiste caché dans l'ombre de la vieille maison. Sa mère l'appelle pour un dîner de potage et de croûtons. Il n'entend pas. Il regarde le capitaine qui a rassemblé sa compagnie en formation serrée et lui fait présenter les armes, sans doute à un drapeau. Deux civils ressortent d'une maison en trottinant et apportent des brassées de vieux vêtements. Les soldats jettent leurs munitions dans les bouches d'égout, cassent leurs fusils, détruisent l'armement collectif, brûlent leurs papiers militaires et leurs insignes. La brise du soir pousse la fumée vers Albert. Ils mettent les vêtements usés qu'on leur a apportés. Le capitaine leur serre la main un à un. Il doit leur souhaiter bonne chance, puis les hommes se dispersent au fond de la rue par petits groupes, d'abord lentement puis très vite. Le capitaine vérifie que ses gants sont bien boutonnés, ajuste son ceinturon, son col et se tire une balle dans la tête. Il en avait assez de reculer. Le film finit moins bien que dans les livres à couverture rouge et dorée.

— Qu'est-ce que tu regardes encore ? dit Mme Dehousse en desservant la soupière.

— Rien, dit Albert. Rien.

D'où il est, à cause des volets, il ne voit pas le corps qui a dû tomber dans le caniveau. Dix heures du soir, la nuit apporte un peu de fraîcheur. Une voiture allemande avec haut-parleur passe en annonçant en mauvais français que la garnison de Lille vient de se rendre et ordonne calme, correction, discipline. « Braves soldats français aux honneurs militaires eu droit », crachouille le micro. La nuit est douce. Le mois de mai se termine.

Souvent, quand Yvette et Albert seront mariés, Yvette lui dira : « Tu vois, on habitait à cent mètres l'un de l'autre et sans les Allemands, on ne se serait jamais connus. » Yvette a toujours eu le chic pour énoncer, avec l'innocence du cœur, des vérités pas loin d'être odieuses.

La Wehrmacht plante aux carrefours de l'agglomération lilloise des poteaux chargés de panneaux à lettres noires sur fond blanc qui semblent des arbres de Noël mystérieux : OFK, FK, FP, GSD, SH, SK... Les Français ne savent pas encore qu'ils veulent dire Oberfeld Kommandantur ou Soldaten Kino, mais apprennent assez vite que la région Nord-Pas-de-Calais est classée « zone interdite » et rattachée à Bruxelles sur ordre personnel de Hitler. Les affiches blanches du préfet du Nord appelant au respect des consignes des autorités d'occupation relaient celles des Allemands, rouge et noir. La guerre va finir rapidement et les prisonniers ne tarderont pas à rentrer...

Les Dehousse mère et fils, qui ne sortaient jamais de chez eux, vont chercher à la mairie leurs cartes d'alimentation. Tous les Français étant dans la misère, ils sont enfin comme tous les Français.

Albert va retrouver Yvette, si mes souvenirs sont bons, en faisant la queue à l'épicerie pour le ticket DK du mois de novembre 1940. Sa mère l'a envoyé en lui disant : rends-toi utile. « Tiens, dit Yvette, le fils Dehousse. » Et elle lui fait une place dans la queue. « Bonjour. — Bonjour. — Moi, dit Yvette, normalement je ne fais pas la queue. Chez M. et D., on a tout par la cantine. » Elle souffle dans ses doigts ; lui bat la semelle. Un brouillard glaçant tombe sur la ville. Le premier hiver d'occupation sera le plus terrible de tous. Les Allemands réquisitionnent. Le Nord n'a même plus de charbon (les Polonais ont été envoyés dans la Ruhr). « Vous ne travaillez toujours pas ? » demande Yvette alors que la queue progresse par hoquets successifs et qu'ils se bousculent sans l'avoir voulu. « Pardon — Pardon. Je pense écrire un livre. »

Huit jours plus tard, Yvette sonne à la maison Dehousse et dépose un kilo de chicorée. « Comme écrivain, vous n'avez pas de cantine, non ? Nous, on a eu une distribution spéciale. » Albert la remercie vite, il sent sa mère qui les surveille derrière la porte, il dit juste « A bientôt. » « Qui était-ce ? — Personne. On me faisait porter de l'épicerie un paquet que j'ai oublié. — Tu n'as pas de tête, dit sa mère. Comment était cette fille ? — Je ne sais pas, je n'ai pas fait attention. — Je le disais, tu n'as jamais eu de tête. »

Qui ensuite a pris l'initiative d'une nouvelle rencontre, je ne sais vraiment plus. Un peu le hasard sans doute. Et la guerre, bien sûr, comme le disait ingénument Yvette. Le couvre-feu, les réverbères passés à la peinture bleue, les phares occultés des véhicules, tant de pénombre s'ajoutant à celle de l'hiver donnait aux silhouettes des hommes et des femmes un air de spectres mécaniques mus par d'autres forces que les leurs.

Les sirènes (un bombardement anglais) les font se retrouver dans la cave de la vieille maison. Yvette lui propose d'aller au cinéma « entre deux alertes ». Il dit oui, en pensant qu'il n'ira pas. Il va au rendez-vous en avance. C'est Yvette qui est en retard. L'heure de la séance est passée. Ils rentrent ensemble. Yvette lui propose de passer chez elle dire bonjour à ses parents. Avec la mère d'Yvette, large et rieuse, on voit déjà comment sera la fille dans vingt ans. Le père est un ouvrier d'une soixantaine d'années aux cheveux blancs. Yvette a déjà dû parler du « fils Dehousse » puisqu'il n'y a pas de présentations. Le père signale qu'il est militant syndicaliste chrétien, qu'il n'est pas pour la lutte des classes mais pour la défense organisée des travailleurs. Dehousse, à Lille, est un nom de patron. Albert acquiesce. Pour la première fois, il voit vivre une famille « normale ». Le décor et les dialogues sont aussi dépaysants que les voyages extraordinaires de ses livres d'enfant. Il explore pas à pas. Les Caron (le nom de famille d'Yvette, je crois. Warin ? Non, Caron) ont une existence si serrée qu'ils ne connaissent pas de temps pour rêvasser. Il y a l'usine, le ménage. Et la conviction d'une mission, d'un devoir social : le catéchisme, le patronage, la colonie de vacances de la paroisse. La mère et la fille donnent un coup de main, gardent des gosses, aident une autre famille frappée par un accident. « Nous avons la grande chance de ne pas être chômeurs, dit le père. Et deux salaires dans la maison. Yvette est une comptable très appréciée chez M. et D. » « Et moi, je n'ai pas de petits-enfants, seulement une fille qui est bien grande », ajoute Mme Caron. « Déjà tr... » Elle va dire l'âge de sa fille, mais s'arrête. Albert accepte une tasse de café, puis une autre qui a été « consolée » en y versant un petit verre de gnôle. Nouveau monde, et la tête lui tourne un peu.

Une question du père le tire de ses songes. « Yvette me raconte que vous êtes écrivain ? C'est beau ça. Mais je ne suis pas sûr que ces messieurs de la Feldkommandantur et du " bureau des ressources humaines " comme ils disent s'en contentent. Vous savez que les Allemands, après avoir pris le charbon, les pommes de terre, le bétail, cherchent maintenant des travailleurs pour l'Allemagne. Chez Fives et Compagnie, chez Groussard Frères, aux Tréfileries, déjà la maîtrise a dû désigner des volontaires en prenant les plus jeunes ou les célibataires, et en leur faisant miroiter la prime. L'hiver 41 ne finira pas sans qu'on aille réquisitionner à domicile les jeunes gens comme vous. »

« Il n'est pas fier le fils Dehousse », dit Caron après son départ. « Il a l'air d'un enfant », dit Mme Caron. Yvette chantonne. En parcourant les cent mètres qui le séparent de sa maison, Albert se souvient que dans la cuisine où se tient la famille Caron, il y a un crucifix au mur. Chez les Dehousse, c'est seulement dans les chambres à coucher. Ainsi se marquent les classes sociales.

— Où étais-tu ? demande sa mère qui l'attendait derrière la porte.

— A la mairie. Les Allemands veulent de la main-d'œuvre. Je risque d'être réquisitionné.

— Ils n'ont pas le droit ! Tu es fils unique de veuve non remariée. Et eux, ils respectent les veuves de guerre.

— Ils cherchent quand même des hommes.

— Toi, tu es un enfant.

La convocation « se présenter avec certificat justifiant de l'emploi actuel » arrive trois semaines plus tard, en janvier. Albert retourne chez les Caron, se perd entre les escaliers de l'immeuble, les étages. Enfin, il sonne. Il est accueilli comme s'il était de la famille. Albert découvre la solidarité des travailleurs chrétiens militants qui fonctionne comme un réseau. « Il faut en parler à Charles, qui en parlera à Michel, dit Caron. Par sa femme, il pourra prévenir Louis et... Il faut le faire embaucher chez M. et D. — Ouvrier ? Non, il ne tiendrait pas le coup et d'ailleurs il n'y a pas d'emploi ouvert. — Mais au service commercial : il présente bien. »

Dans la cuisine où la cafetière mijote en permanence sous le crucifix à branche de buis bénit, on décide pour lui, on organise les démarches à sa place. Il ne sera pas envoyé en Allemagne. Albert se retrouve VRP, voyageur de commerce en linge de maison, spécialisé dans les fournitures pour collectivités, hôpitaux, hospices, internats, couvents, etc. Yvette lui explique l'usine, les directeurs, les petits chefs, à qui parler, comment parler.

Une alerte, puis le couvre-feu le bloquent chez les Caron le soir de sa première tournée professionnelle où il a réussi à placer sur sa mine juvénile et modeste quelques douzaines de torchons à des religieuses.

Sans être beau, Albert séduisait. Il était plus grand que la moyenne, un peu monté en graine, les poignets minces, les chevilles fines, les cheveux blonds très doux, très lisses depuis que sa mère lui avait coupé ses boucles, le regard légèrement voilé de myopie. Pas beau, mais du charme. Une impression de fragilité rêveuse que les femmes plus âgées aimeront protéger.

Plus tard, quand il aura endossé l'uniforme et fabriqué son passé valeureux, ces traits physiques donneront à tous ceux qui le rencontreront l'image d'une élégance naturelle et distante, presque désincarnée, parfaitement en accord avec son personnage de héros très discret. Ah ! j'oubliais un « signe particulier » qui n'a jamais changé : la pâleur de son visage. Comme s'il avait vécu trop longtemps à l'ombre ou avec des ombres.

Il a séduit les Caron, mère et fille. Elles lui dressent un lit de camp dans la cuisine. Avant de se coucher, toute la famille se donne des grosses bises sur les joues. Il participe à l'embrassade. Quand il rentre à la maison le lendemain matin, sa mère a les yeux battus comme si elle n'avait pas dormi de la nuit. Un mois plus tard Caron s'arrange pour être seul avec lui : « Maintenant, monsieur Dehousse, il faut faire votre demande. — Demande de quoi ? » dit Albert qui cherche à gagner du temps. Il vient d'un monde hors du monde où il n'a jamais connu de conséquences. « Monsieur Dehousse, Yvette est une fille sérieuse. — Oui, monsieur Caron. — Cela fait près de six mois que vous vous fréquentez. — Six mois, vraiment ? »

« Vous allez l'épouser. » Voilà qui est dit d'un ton tranquille et qui ne prête pas à contestation. Albert perd pied. Il s'est déjà trop engagé, a trop accepté, il ne peut plus reculer. « Non, oui, bien sûr... — Bien sûr, note Caron père au vol. Je vais tout de suite prévenir Yvette et sa mère de la bonne nouvelle. »

Encore un autre mois avant qu'Albert ose en parler à sa mère. Les dîners en tête à tête dans la vieille maison sont des épreuves de force où chacun guette une faille dans le silence de l'autre. Avec les Caron, le mariage a été fixé en juin. Juin approche.

— Mère, je vais me marier.

— Non.

— Je crois que vous l'avez déjà aperçue...

— Elle est plus âgée que toi. Cela ne se fait pas. Au moins trois ans de plus.

— Ils sont très catholiques.

— Une famille d'ouvriers. Cela ne se fait pas.

— La date du mariage...

— Non.

De longues minutes, chacun attend l'autre. Puis Mme Dehousse penche la tête, baisse la voix.

— Tu as fait une bêtise ?

— Quelle bêtise ?

— Tu me comprends très bien. Elle attend un enfant ?

Albert voit l'issue qui couperait court à une discussion désagréable. Il fait le premier et peut-être le plus gros mensonge de sa vie.

— Oui, dit-il en baissant les yeux et la voix. Je n'en ai pas parlé avant parce que je n'étais pas sûr. Maintenant c'est sûr.

Dans la famille Dehousse, il reste la maison, un peu d'argenterie chiffrée, des principes. Des réflexes aussi. Les réflexes se manifestent les premiers.

— On les connaît, ces filles, elles le font exprès pour se faire épouser.

Albert ne dit rien (il a pris l'air penaud du géniteur coupable alors qu'il n'a jamais été plus loin que d'embrasser Yvette sur la joue). Après les réflexes, les principes :

— Maintenant, dit Mme Dehousse en parlant de nouveau à haute voix, tu dois réparer. Il faut reconnaître l'enfant.

Albert continue à baisser le nez.

— Mais pas de mariage !

Voilà qui n'arrange pas Albert, pris entre ses promesses et maintenant son mensonge. Il s'en sort assez finement. Lui aussi connaît les principes. Il a, il le découvre, des réflexes.

— Reconnaître ? Un enfant naturel ? Dans la famille...

— Bien, bien, grommelle Mme Dehousse. Mariage. Mais mariage civil seulement. Pas à l'église. Rien qu'à la mairie. Tu pourras rompre après.

Le mariage eut lieu quand même à la fin de l'été 41 dans l'église du quartier, édifice moderne en briques rouges, au clocher trop mince. Quand une mécanique est lancée, même à partir d'un mensonge, rien ne peut l'arrêter. Très vite les acteurs, hommes et femmes, pris par le mouvement, sont dépassés. La vérité n'a plus d'importance : c'est seulement la vraisemblance au départ qui comptait. Puis la situation impose les dialogues, commande les attitudes. Il me semble que Dehousse retint la leçon pour son imposture à venir.

Après la mairie et la messe (la lyre Don Bosco-Avenir Lambersartois joua un pas redoublé à la sortie), il y eut banquet. Les camarades d'usine chantèrent au dessert. Deux oncles lointains des Dehousse étaient venus, lèvres pincées, jouir de la déconfiture de leurs parents. « Un mariage très bête, dit l'un entre ses dents. — Pas du tout, mon cher, ils vivaient déjà comme des ouvriers. » Mme Dehousse tint bon : tout sourire sous sa voilette, elle courait de l'un à l'autre, serrant des mains et embrassant des enfants. Les Caron, inquiets avant la cérémonie, respiraient le bonheur. On se promit de se revoir.

En rentrant chez lui avec Yvette, Albert comprit que ce ne serait pas si simple. Mme Dehousse lui signala que c'était la dernière fois qu'elle avait parlé à « cette personne qui se prétend ma belle-fille. Pour moi, elle n'existe pas ». Dans la vieille maison, un fantôme de plus.

4

CHANGEMENT DE TRAIN EN GARE DE W.

COMMENT un homme a réussi à s'inventer une autre vie que la sienne, plus belle, plus haute, voilà ce que j'ai entrepris de raconter. Dans les événements, les témoignages, les souvenirs qui sont comme de vieilles photographies disparates qu'on aurait oublié de légender, j'essaye de retrouver quelques signes du passé pour mieux comprendre Albert Dehousse et son extraordinaire aventure. Parfois je ne sais comment relier entre elles mes notes ni quelle importance leur attacher. Le vent fou de Tanger qui fait voler les feuilles ne m'aide pas.

La première expérience amoureuse a laissé Yvette plutôt heureuse, sa bonne nature aidant. Albert lui, a été déçu, le plaisir lui ayant semblé bien court. Yvette, comme toujours, a dit les deux phrases qu'il ne fallait pas prononcer : « Tu es heureux ? » Et quelques minutes plus tard : « Pour toi aussi, c'était la première fois ? »

Les Dehousse se sont abonnés à un quotidien, seul moyen de savoir quel ticket de la carte de rationnement est « honoré », quel jour, pour quel produit, confiture, riz ou biscuits secs, en quelle quantité. Ils apprennent ainsi les grands événements nationaux et mondiaux. A partir de fin 1942, Yvette est contre la collaboration, sans doute sous l'influence de son père. Albert, épuisé par ses tournées de VRP en textiles, n'a pas d'opinion.

Il semble que Mme Dehousse mère ait répondu à une offre de documentation venant d'un parti pro-nazi tout à fait marginal : « Le communisme juif des Russes et la ploutocratie juive des Anglo-Saxons ont fait le malheur de la France. Veux-tu en savoir plus sur notre programme Socialisme-Patrie-Europe ? »

Sur les murs les affiches du préfet rappelant qu'il est interdit de fêter le 11 Novembre, Jeanne d'Arc et le 14 Juillet cèdent la place à celles des Allemands qui condamnent à 500 000 francs d'amende la mairie de Wasquehal pour n'avoir pas nettoyé suffisamment vite des inscriptions séditieuses en forme de « V » ou de croix de Lorraine. Puis d'autres affiches invitent à la « relève » des prisonniers en Allemagne, enjoignent à la délation, menacent des otages d'exécution.

Le mot « résistance » commence à être utilisé dans les conversations en baissant la voix.

Chez le cordonnier qui est en manque d'alcool, Mme Dehousse échange sa ration de vin et celle de son fils contre du sucre. La guerre s'étend à la Russie, à l'Amérique, au Japon, au monde entier. Dans la trame grise des jours, un fil rouge ne cesse de grossir. Albert a peu de satisfactions professionnelles et se réfugie dans une fatigue bougonne. Mme Dehousse ne parle toujours pas à Yvette, qui s'est acheté un poste de TSF, chantonne les refrains à la mode, écoute Londres le soir pendant que chauffe l'eau de la bouillotte d'Albert. En accord avec ses parents, elle s'est inscrite comme jeune ménage sur une liste d'attente de logements sociaux « pour être vraiment chez soi ». Les difficultés de ravitaillement, les problèmes de transport, les risques de bombardement suffisent à occuper les jours et les mois. Les affiches allemandes ne menacent plus, elles donnent en caractères gras les noms des exécutés. Les nouvelles des défaites de la Wehrmacht à l'Est, du débarquement des alliés à l'Ouest, de la libération de Paris franchissent les murs de la vieille maison. Mais c'est encore loin, ailleurs, les autres.

Le premier motocycliste anglais entre dans la ville le 2 septembre 1944. Dehousse, en tournée dans le nord du département, ne l'apprend que le lendemain par les éditions spéciales des journaux. Tous les hauts fonctionnaires en poste ont été destitués et dès le 3 septembre le commissaire de la République pour la région Nord-Pas-de-Calais s'est installé. Les troupes américaines et anglaises qui foncent vers la Belgique laissent aux FFI le soin du ratissage de l'arrière. On se battra ainsi par petits groupes jusqu'au 8 septembre. Albert Dehousse reste à l'écart de ces batailles.

L'extraordinaire bouleversement social qui

se produit en quelques jours, en quelques heures le frappe davantage.

Ceux qui depuis des années avaient leurs photos dans les journaux avec commentaires élogieux, bénéficiaient d'un ravitaillement spécial, étaient salués par les agents de police, signaient les décrets et circulaires, habitaient les palais de l'État, sont dépouillés de leurs insignes, jetés en prison. Plus de quatre mille personnes sont arrêtées dans le département, suspectées de collaboration. On leur crache à la figure, on leur casse les dents. Parmi eux, des fonctionnaires qui ont obéi aux ordres, des dirigeants de mouvements pro-nazis qui avaient joué la victoire allemande, des miliciens, des idéologues, des truands. Des notables qui ont le tort principal d'être des notables. Rien de comparable aux tueries qui vont se passer dans le midi de la France ou aux horreurs sadiques de l'Institut dentaire de Choisy dans la banlieue parisienne. Mais malheur aux « personnalités » qui ont choisi le mauvais côté et n'ont pas pris quelques assurances. En tête de ceux qui crient « à mort », peu de résistants. La haine recrute parmi les voyous, les lâches et ceux qui ont à se faire pardonner.

En même temps que s'écroulent les positions acquises, apparaissent comme par magie de nouvelles autorités : ministres, préfets, directeurs, chefs de partis ou de mouvements, présidents de comités. Et de nouvelles gloires. Du jour au lendemain, chacun découvre avec stupéfaction que le voisin vaguement salué sur le palier ou croisé au coin de la rue a posé des bombes, fait dérailler des trains, reçu des parachutages nocturnes, éliminé des traîtres, manipulé des codes, transmis clandestinement des renseignements sur les bases de V1, affronté la nuit, le froid, la peur. Aujourd'hui il y a les vivants, qu'on acclame, les disparus dont on espère le retour, les morts qu'on honore. Le locataire que Mme Dehousse appelait l'ivrogne (en fait, il ne buvait pas plus qu'un autre mais avait la chanson facile) est l'un d'entre eux. C'est même l'un des plus grands. Responsable d'un réseau spécialisé dans la transmission aux alliés des modifications de l'ordre de bataille de la Wehrmacht, données qui seront capitales au moment du débarquement, il est arrêté, livré par un de ses agents. Torturé, il insulte ses bourreaux. Condamné à mort pour injure au peuple allemand, il est décapité à la hache dans la cour de la prison de Dortmund. L'une des premières décisions de la municipalité provisoire sera de donner son nom à une rue. Dehousse est dans la foule qui assiste à la cérémonie.

Il préfère ignorer qu'il tentait de vendre des textiles aux collectivités, pendant que d'autres prenaient de tels risques et mouraient fusillés dans les fossés des forts. Il n'a d'yeux que pour les survivants : des inconnus qui n'étaient rien, et qui sont tout. Comme dans les histoires qui finissaient bien de ses livres d'enfance.

Mais la Libération, pour lui, commence mal.

Mme Dehousse, je l'ai dit, avait répondu à un prospectus d'un vague parti pro-allemand proposant de la documentation. Son nom est trouvé sur les listes de sympathisants au siège local du MSPE (mouvement Socialisme-Patrie-

Europe). On est le 6 septembre 1944, à 5 heures du soir. La journée a été chaude. Un groupe des milices patriotiques tape à la porte de la vieille maison de Lambersart, exigeant qu'on leur livre Mme Dehousse. Je rappelle que dans l'agglomération lilloise, les Dehousse ont un nom de patron. Un milicien fait partir accidentellement sa sten (incident fréquent avec cette arme), ce qui déclenche d'autres rafales de ses collègues et le cri : « les salauds nous tirent dessus », sans plus de précision quant à la désignation des salauds. Le pire peut être craint. Heureusement le poète du groupe, qui a combattu la chaleur à la bière, fait diversion en lançant le refrain :

Aristos
Collabos
Les patrons
Tous des cons
La Bochesse
Paille aux fesses

Les Dehousse mère et fils, seuls dans la maison, retranchés dans les odeurs de vieux meubles et de tentures austères, n'ouvrent pas. Yvette est encore à l'usine, retenue par l'exercice comptable de fin août. La porte est enfoncée. Mme Dehousse tient tête, Albert légèrement en retrait. « A la tondeuse », crie maintenant la justice populaire. Albert a croisé il y a deux jours une foule qui poussait devant elle une demi-douzaine de femmes déshabillées et le crâne rasé. Sur le front et les seins on leur avait peint des croix gammées au goudron. L'image appliquée à sa mère est si intolérable qu'un voile noir lui passe devant les yeux. Il doit s'asseoir. Mme Dehousse appelle : « Albert ! Albert ! » Sa voix se casse. Un homme remarque : « C'est une vieille, laisse-la. » Un autre veut quand même lui déchirer sa robe. Albert a du mal à sortir de sa torpeur. Il entend les cris de sa mère à travers un nuage cotonneux. Bousculade. Mme Dehousse est projetée hors de chez elle. Une autre voix domine le brouhaha. Yvette vient de rentrer. Elle engueule la bande. « C'est une maison de la Résistance ici. » Elle cite un réseau, des noms. Son père est membre (suppléant) du comité de libération. « Je suis la fille Caron, crie-t-elle. Dégagez, bande de vauriens. » Elle leur donne des coups de sac. Le plus étonnant est qu'elle a l'air tellement heureuse de vivre même quand elle est en rage. Un cadre du PC, alerté, intervient. Les vengeurs se retirent. Albert aide sa mère, qui a les cheveux arrachés, des écorchures aux joues et retient le haut de sa robe, à rentrer dans la maison. On voit la bretelle de sa combinaison. Mme Dehousse a un tremblement continu du menton qui ne cessera qu'avec la mort.

Albert demande à Yvette :

— Qu'est-ce que c'est que cette histoire de réseau ?

— C'est vrai (elle rit), je ne t'en ai pas parlé pour ne pas t'inquiéter, nous cachions des aviateurs alliés. Des Anglais, des Américains, des Canadiens tombés en Allemagne ou en Belgique, que M. de H..., tu sais, le maire qui a été déporté, nous amenait jusqu'à ce qu'on puisse les convoyer en Espagne.

— Nous cachions qui ? Où ?

— Ici, dans ta maison, au premier étage, au-dessus de ta tête. Il valait mieux pour toi que tu ne saches rien.

Yvette a un bon sourire : « Tu vois, cela aura au moins servi à sauver ta maman. » Albert comprend plusieurs choses. Que Caron père n'a pas eu confiance en lui. Qu'il a été impuissant à protéger sa mère. Qu'il est passé à côté d'une grande aventure.

— Mais tu sais, je t'aime, dit Yvette avec son bon sourire.

Ce qui n'a vraiment rien à voir.

Un an plus tard, dans une soirée à Baden-Baden, la conversation viendra sur les différents réseaux, leurs spécialités, leurs couleurs politiques. Les chaînes d'évasion des pilotes alliés ont été dans toute la France plutôt le domaine des organisations « de droite » et de familles où l'on parlait l'anglais. Devant Dehousse, quelqu'un cite l'action du réseau qui opérait dans le Nord. Dehousse aurait pu être tenté de briller en se servant de ce que lui avait révélé Yvette, du rôle de son beau-père, de sa propre maison. Non. Il ne tombe pas dans le piège. Supposons qu'il ait répondu : Je sais, j'ai caché des mois durant des douzaines d'aviateurs alliés. Fierté illusoire et dangereuse. En donnant une adresse, il aurait risqué une vérification. Bien sûr, on aurait constaté l'exactitude de certains faits. Mais aussi que lui, Dehousse, n'était rien dans la filière elle-même. Dans le mensonge, il vaut mieux tout inventer. On donne moins de prise. Se méfier des faits. C'est le ton, le ton seul qui compte. Ce soir-là, à Baden-Baden, il répondra seulement : « Dans la banlieue de Lille, à Lambersart je crois ? J'en ai entendu parler. Le capitaine qui le dirigeait faisait signer à ses agents un engagement se terminant par “ ainsi m'aide Dieu ”... Ils ont eu beaucoup de pertes. Un de leurs hommes, arrêté à la frontière espagnole a trop parlé. Mais ce n'était pas mon domaine. On m'a seulement raconté. » Personne ne le questionnera donc davantage, et notamment pour savoir quel était son domaine. Une fois de plus, l'assistance se dit : ce Dehousse, il sait tout, et jusqu'au nom d'une banlieue lilloise où il y avait la cache principale d'un autre réseau que le sien ! La Résistance, c'est lui. Un héros, et un héros si discret...

Trois mois à peine après l'éclatant soleil de la Libération, la France de nouveau s'est enfoncée dans la grisaille. L'automne 1944 est sinistre. La guerre continue sur les Vosges, en Alsace, et tout près à Dunkerque où un amiral allemand tiendra jusqu'à la capitulation du Reich le 8 mai 1945. La neige vient très tôt et durera très longtemps. Des inondations succèdent à des catastrophes (un train de munitions explose à côté d'un train de voyageurs). Le rationnement ne s'améliore pas : pire que sous l'Occupation et le nombre de calories par jour a dû être réduit. Il est difficile de dire que c'est encore la faute des Allemands qui prennent tout ! Le marché noir prospère. Des villes entières sont rasées, les ponts détruits, des milliers d'hectares minés. Le général de Gaulle a réussi fin octobre à dissoudre les « milices patriotiques » ; la guerre civile est écartée. Mais la méfiance, l'inquiétude, la déception nourries des rancœurs de la guerre et des espoirs de la Libération explosent ici ou là.

Le 7 décembre, en gare de W., Albert Dehousse attend la correspondance qui doit le ramener chez lui après trois jours de tournée de VRP. Les rares autorails qui circulent ont tous du retard : une gelée précoce a bloqué les aiguillages.

La gare de W. est comme beaucoup d'autres : des bâtiments en brique, des portes peintes en vert, des écriteaux sur fond bleu indiquant : *lampisterie, hommes, dames, buffet, chef de gare, sous-chef de gare, salle d'attente, sortie, interdit, privé, consigne.* Sur le quai, Albert relève le col de sa canadienne, fait les cent pas pour essayer de se réchauffer. Yvette, une fois de plus, avait raison : elle lui avait dit de mettre des chaussettes de laine. Elle avait aussi raison quand elle lui a reproché au téléphone de ne pas avoir appelé la veille au bureau comme il avait promis de le faire chaque jour pendant sa tournée. Il aurait appris que sa mère était morte sur le plancher ciré à côté de son lit. Yvette ne s'en est aperçue qu'au matin en ne trouvant pas sur l'évier la tasse lavée du petit déjeuner.

— Quoi, elle a souffert ? Non ? Il ne semble pas ? Ne coupez pas. Oui, arrêt du cœur. J'entends trop mal. Mais non, je ne peux pas crier davantage. D'où je t'appelle ? D'un bureau de poste. Non, pas d'un bistrot. D'un bureau. Dis-moi si elle a dit quelque chose. Quoi, « toujours » ? Elle a dit « toujours » ? Non ? Elle a dit « rien » ? Crie un peu, toi aussi. Ah, elle n'a rien dit, comme toujours. Bon. Et elle m'a appelé ? Répète. Comment savoir ? Oui, tu as dit « comment savoir », j'ai compris, ce n'est pas la peine de hurler.

Voilà. Yvette s'est occupée de tout. On l'attend, lui, Albert pour les obsèques demain.

Au centre de la façade de la gare, il y a un fronton de style grec et une grosse horloge. L'aiguille des secondes est noire, longue, fine, méchante. Elle procède par à-coups, comme un escrimeur qui marque des points. Touché, touché, encore touché, pourrait crier Albert qui ne peut s'empêcher de compter les secondes avec elle. Que de temps perdu ! Le brouillard givrant fait trembloter l'éclairage déjà d'un jaune pâle maladif. Se peut-il que l'électricité soit aussi de mauvaise qualité ? Comme le café, le charbon, la viande, le cuir, le papier, le pain ? Comme l'air du temps et l'étoffe de nos jours ? Un haut-parleur bronchitique annonce un nouveau retard de l'omnibus 327 Valenciennes-Hazebrouck avec correspondance pour Lille et qu'il est interdit de traverser les voies sans emprunter le passage souterrain. Albert ramasse les deux valises en simili où il transporte ses échantillons, prend le passage souterrain, entre dans le buffet. Il en a assez d'attendre. Il s'assoit sur une banquette au fond de la salle. Des journaux traînent, des quotidiens, un hebdomadaire. Il jette un regard aux titres du jour : après Pierre Fresnay et Sacha Guitry, l'actrice Ginette Leclerc et l'évêque d'Arras sont internés. Un mandat d'arrêt est lancé contre le célèbre romancier Pierre Benoit, membre de l'Académie française. Légère décrue de la Seine, du Rhône, de la Dordogne et de l'Allier. Sélestat et Ribeauvillé ont été libérés. Le gouvernement annonce qu'il est désormais interdit aux ministres de répondre aux lettres de recommandation. Le ticket DA donne droit à 250 grammes de pâtes, le ticket DZ à 250 grammes de bâtons caséinés. L'ex-préfet régional de Lyon est condamné à mort. M. R. est nommé président du Gaz de Paris. D'autres nominations à des postes importants et flatteurs.

Dans l'atmosphère poisseuse du buffet où la respiration des voyageurs fait des petits nuages de fumée, Albert Dehousse repousse la tête d'un permissionnaire endormi qui tombait sur son épaule. Qu'a-t-elle dit encore Yvette ?

« Ah ! oui, cette fois, une bonne nouvelle. Papa m'apprend que la municipalité veut acheter ta maison. Pour quoi faire ? Non, ils ne la garderont pas, trop de travaux d'entretien. A la place ? Oui, un groupe scolaire, je crois. Le jardin ? Quel jardin ? Je t'embrasse. »

Il jette un autre coup d'œil sur les titres de la semaine passée. De Gaulle à Moscou s'entretient avec Staline. Quarante grammes de fromage gras pour les tickets 1 et 2. L'armée Patton a atteint la Sarre. M. Maurice Thorez, qui a été amnistié le 27 novembre, est de retour en France. Le professeur Ripert, doyen de la faculté de droit, est mis en prison à Rennes. L'omnibus 4020, venant de Vierzon, est le premier train à franchir la Loire. La deuxième DB de Leclerc est entrée dans Strasbourg. Le Nord héroïque : notre grand reportage sur l'action clandestine de l'OSC et la suite de nos portraits. Aujourd'hui...

Albert ne lit plus. Pourquoi n'a-t-il pas été lui

aussi un héros de l'ombre ? Que lui a-t-il manqué : le courage, l'occasion, la volonté ? Des visages passent dans son imagination et le souvenir gris des jours. Brutalement, l'idée d'assister à l'enterrement de sa mère lui est insupportable. Il n'a pas envie non plus d'être obligé d'expliquer à Yvette qu'il ne veut pas vendre le couloir aux livres de la vieille maison et son bout de jardin où il se racontait, enfant, qu'il était le Chevalier blanc. Il étouffe. Il ramasse ses valises et sort sur le quai dans l'air glacé et le halo jaune des lampadaires. Ce soir-là, la nuit est officiellement tombée à 17 h 38. En fait beaucoup plus tôt à cause du brouillard. Le haut-parleur entre deux quintes de toux annonce : « Attention, attention. Le train supplémentaire direct 4125 « S » Mons-Paris va entrer en gare. Attention, il ne s'arrête pas, il ne prend pas de voyageurs. Les usagers qui sont sur le quai A sont priés de reculer et de s'écarter du bord du quai pendant le passage du convoi. Attention. » Deux phares dans la courbe des rails, puis la machine qui siffle et rejette de la vapeur entre les roues motrices, puis les voitures mal éclairées qui s'entrechoquent. Albert est au bord du quai, ses deux valises à la main. Il ne bouge pas. Le train a un petit soubresaut et s'arrête un moment : le feu au bout du quai, loin à gauche, tarde à se mettre au vert. Devant Albert, une portière est ouverte et un homme se tient d'une main à la rambarde de cuivre. De l'autre main, il se roule unc cigarette avant de la coller d'un coup de langue et de la planter au coin de sa bouche. Il voit Albert empêtré dans ses valises au bord du quai. De sa main redevenue libre, il en prend une. « Grouille-toi, fiston, on ne va pas passer tout l'hiver ici », dit-il sans desserrer les lèvres. Après un petit choc, le convoi est reparti. Albert commence à marcher à côté du train. L'homme se penche, saisit l'autre valise. Albert doit courir maintenant pour rester à sa hauteur. L'homme l'attrape par le bras et le fait monter dans le train supplémentaire direct 4125 « S » pour Paris.

Des mois plus tard, on demandera à Albert « comment il est devenu un héros ».

— Mais, chère madame, ce sont des décisions personnelles qui...

— J'insiste. C'est passionnant de savoir comment un homme a pu changer de destin...

La dame est plutôt jolie, l'attente est si chaleureuse qu'Albert ne peut se dérober. Il paraît hésiter un moment, puis :

— Je vais vous dire la vérité, et la vérité est toujours décevante. La réponse à votre question, trop amicale, est : Je ne sais pas.

Déjà, tout l'art de Dehousse à minimiser pour mettre en valeur, à laisser entendre pour mieux faire croire.

Albert prend son temps. Parmi les invités présents, la plupart ont des états de service impressionnants. L'un a été deux fois parachuté de nuit en opérations, un autre, pris par la Gestapo, torturé, soigné avant d'être torturé de nouveau, a sauté par la fenêtre de l'infirmerie avant de fuir sur ses jambes brisées.

— Oui, dit Albert. J'étais sur un quai de gare. Peu importe le nom de la gare. Disons seulement que c'était en *zone interdite*. Il faisait nuit, et ce soir-là la nuit était tombée plus tôt que l'heure officielle à cause du brouillard. Il faisait très froid. Vous ai-je dit que c'était au début de l'hiver ? Un mauvais hiver (il a un petit sourire). Nous en avons connu plusieurs. J'étais debout au bord du quai, comme un grand flandrin, avec deux valises en simili cuir. Je préfère ne pas vous décrire le contenu des valises. Peu importe. Pour des motifs... des motifs que beaucoup d'entre vous sont à même de comprendre, je n'allais pas rentrer chez moi. Je n'avais même aucune envie de rentrer chez moi.

On allume des cigares. On fait circuler un très bon cognac.

— Là, catastrophe. Le train que je devais absolument prendre n'arrive pas. Bloqué par quoi ? Je n'en sais rien. Même pas par un bombardement ou un sabotage. Non, rien d'héroïque, sans doute le simple gel des aiguillages. Et je suis sur le quai de cette fichue gare, dans la nuit, avec mes deux mauvaises valises. Au bord du désespoir est une expression trop forte, disons : perdu seulement. C'est cela, perdu. A ce moment un train entre en gare. C'est un convoi qui a été détourné peut-être pour la même raison qui a bloqué celui que j'attendais. Un signal un peu lent ? La prudence du mécanicien ? Le train s'arrête presque. Devant moi, à une portière ouverte, un homme se roule une cigarette d'une seule main. Vous penserez ce que vous voulez : c'est l'une des prouesses physiques qui m'a toujours le plus épaté (rires). Moi, je suis comme tétanisé, anesthésié. D'une main l'homme prend une de mes valises, puis l'autre. Je cours à côté du train ; il m'agrippe, me fait monter. Il me dit juste, entre ses dents, quelque chose comme un message en *code* que je comprends à peine, du genre : « On ne va pas passer la guerre ici. » Sans mots inutiles, en un instant, d'un seul regard, tout était joué. Avant de monter dans le train, je n'étais qu'un exécutant. Après, en souvenir de l'inconnu qui m'avait pris sous le bras et fait grimper en marche, presque par respect pour lui, je n'ai plus cessé de me sentir en mission. Jamais je n'oublierai son visage. Jamais je n'ai su son nom. Jamais je n'ai pu retrouver cet homme. Chère madame, quand je vous ai répondu : je ne sais pas, n'avais-je pas raison ?

Un des invités se lève et dit solennellement : « Je porte un toast à notre ami Dehousse qui est un héros. » Murmures approbateurs. On boit en l'honneur de Dehousse.

Pour tous ceux qui écoutent ce récit, c'est évidemment un épisode de la Résistance. Le décor, la solitude, l'angoisse ne peuvent pas avoir été inventés. Le ton de Dehousse, si simple, si naturel, emporterait à lui seul l'adhésion. Il peut bien avoir l'air sincère, Dehousse : tout est vrai. Chaque mot, si un mot peut être vrai. Sauf un détail, le mot « guerre » au lieu du mot « hiver ». Il manque aussi l'indication de l'année. Et alors tout devient faux, un gigantesque, éhonté, satané mensonge.

Ce qui m'amuse dans la scène finale où l'on porte un toast à sa gloire, c'est qu'il existait pratiquement la même, si mes souvenirs sont exacts, en illustration dans *Les Aventures d'un gamin de Paris au pays des bisons*.

5

LE GRAND ŒUVRE

ENTRE le 6 et le 13 décembre 1944, Forbach et Haguenau sont libérés. Le maire de Bordeaux et ancien ministre Adrien Marquet comparaît devant la Haute Cour. Le Ravitaillement annonce une distribution exceptionnelle de volailles (ticket DD) de 250 grammes pour les fêtes. Neuf des accusés de la bande Bony-Lafont sont condamnés à mort. Le 14 décembre les crues et les inondations reprennent. A Caen, cinq mille personnes sans abri pataugent dans la boue, le froid et les ruines de la ville.

Albert à Paris va de garni en garni, vivant d'abord de l'argent de poche qu'il avait sur lui, puis des acomptes sur les commandes de linge de maison. Un boucher lui vend du pain d'épice à un prix exorbitant. Il troque une de ses valises d'échantillons (serviettes, torchons, draps...) contre un saucisson dans une quincaillerie. L'autre valise servira à payer son loyer une semaine de plus. Le 17 décembre, il est à la rue et traîne devant les cartes des restaurants. Le même jour, profitant d'un brouillard bas et épais qui interdisait les vols de reconnaissance et l'intervention de l'aviation alliée, Von Runstedt lance ses dernières divisions blindées à travers les Ardennes. Les troupes américaines sont bousculées, les Anglais pensent évacuer Anvers ; en France les collaborateurs relèvent la tête et disent à leurs avocats que leurs aveux n'étaient pas valables. Le 20, les cent quatre-vingt-quinze agents de la police parisienne morts pour la Libération sont cités à l'ordre de la Nation. Albert Dehousse se fait houspiller par un garçon de restaurant qui l'accuse de bloquer l'entrée et, par sa tenue négligée, d'éloigner la clientèle. Il est trop heureux, à l'asile de l'Armée du Salut, d'être engagé comme Père Noël contre une soupe chaude et la promesse d'une paillasse.

Le froid s'insinue dans les cols des manteaux avec le soir et la pluie. Sur un trottoir des grands boulevards, autour d'un brasero, trois salutistes musiciens, cornet, violon et accordéon, jouent des hymnes religieux pimpants comme des entrées de cirque qui se perdent dans la nuit glacée. Albert Dehousse, houppelande rouge et barbe blanche en coton, sonne une cloche devant un écriteau : pour les fêtes de Noël de ceux qui n'ont pas de fêtes. Il a un grand panier suspendu au cou pour recevoir les offrandes. Des clochards se sont rapprochés pour profiter du brasero et somnolent sur un bout de carton posé sur le bitume. La pluie maintenant est à la limite de la neige fondue. Les vitrines illuminées sont interdites après 18 heures. Une mère et son enfant emmitouflés passent. L'enfant tire sa mère par la main en désignant le Père Noël. La mère prend quelque chose dans son sac, le donne à l'enfant qui vient le déposer dans le panier. Albert dit : « Le Père Noël te remercie », puis écarquille les yeux sous les faux sourcils. Au milieu des pièces de monnaie, un billet, un gros billet, de quoi survivre une semaine. Il tapote la joue de l'enfant et se penche pour l'embrasser, ce qui lui permet de cacher le panier. Là, très vite, il prend le billet. Un clochard en vieux chapeau mou et capote trouée qui paraissait dormir se met à hurler : « Au voleur, salaud, il a pris le billet, au voleur. »

L'enfant tombe sur le derrière et pleure. Dehousse détale, poursuivi par le clochard. Ils courent aussi mal l'un que l'autre. A moins de trois cents mètres, deux agents cyclistes à casquette plate, des « hirondelles », les arrêtent. Albert a abandonné le panier mais a gardé le billet.

« Salaud. Voler un enfant. Heureusement que j'avais l'œil. Part à deux », dit le clochard au chapeau mou.

Au commissariat de police, où ils attendent le commissaire, le clochard s'est rendormi en grommelant. Albert s'inquiète : la vérification d'identité risque de mettre fin à son escapade. Un moment le retour, sinon dans le confort du moins dans les habitudes de Lambersart, le tente. L'instant d'après, la perspective des explications nécessaires et des gros baisers mouillés d'Yvette le fait hésiter. Au fond du commissariat, un poêle à charbon rougeoie. Il s'en approche pour se réchauffer. Sa fausse barbe, trempée par la pluie, fume. Cela lui donne l'idée d'y mettre le feu au contact du poêle et de profiter de la confusion pour s'évader. Mais Albert a toujours eu peur de passer aux actes. Plutôt que de prendre ce risque, il choisit d'engager le dialogue. Il demande à l'agent qui les garde :

— Ce soir, comment allez-vous avouer à vos enfants que vous avez arrêté le Père Noël ?

— Ce soir, j'aurai rien à avouer à mes enfants. J'en ai pas. Et ma femme, elle s'est tirée pendant que j'étais prisonnier.

L'agent de garde, pas de chance, est un aigri perdu pour les valeurs familiales. Albert se désespère quand l'agent continue :

— J'en ai rien à faire, de vos bagarres de clochards. Je ne vais pas attendre ici toute la nuit à cause de vous deux. J'ai encore rien inscrit sur la main courante : déguerpissez. Ton copain pue trop.

Albert hésite. Quand il voit l'agent donner un coup de pied au clochard pour le réveiller, il court vers la porte puis comme un fou dans le brouillard de peur que le clochard ne le rattrape. Il a gardé le billet. Il va en vivre une semaine de plus, d'un trottoir à un autre. Il apprend à se coucher sur un bout de carton posé sur la bouche de chaleur d'une station de métro. Il apprend à se méfier des autres clochards qui ne dorment jamais tant est forte la hantise de se faire voler leur quignon de pain, leur fond de vin rouge, leur ballot de chiffons par aussi clochard qu'eux. Il a appris aussi, utile leçon pour ses récits futurs de clandestinité, la crainte de l'arrestation et la peur singulière de la fuite : une sorte de petite vibration de froid à l'intérieur de la colonne vertébrale.

A la fin décembre, il est devenu clochard à

son tour, sauf qu'il ne boit pas. Sa mère ne l'aurait jamais admis. La tendresse d'Yvette lui manque, et il rêve vaguement à elle en somnolant sur un banc de la place Maubert. Un homme assez jeune mais déjà presque chauve s'est assis à côté de lui et lui dit d'un ton calme, en regardant l'enseigne de charcuterie de l'autre côté de la place :

— Tu devrais te raser.

— Oui, dit Albert en sursautant.

Il craint d'être arrêté de nouveau. Mais l'homme n'est pas un agent. Il est vêtu d'un blouson militaire, d'un pantalon civil et d'étranges chaussures à semelles très épaisses.

— Ce n'est qu'une mauvaise passe. Tu n'es pas un vrai clochard. Tu devrais te raser.

Albert tâte sa joue, secoue sa canadienne, s'efforce de trouver une contenance.

L'homme continue :

— Je t'ai regardé dormir. Un vrai clochard ne dort pas. Et toi, en plus, tu rêvais. Un vrai clochard ne rêve pas. Le signe de la cloche, c'est ça : la fin des rêves. La société n'y résiste pas.

Puis l'homme en tenue semi-militaire tend la main à Albert et très naturel se présente.

— Capitaine Yonnet.

Albert a reçu une bonne éducation. Il se lève, serre la main, se présente aussi :

— A... Albert, dit-il en modifiant son prénom mais en gardant l'initiale. « Dehousse. » C'est le premier nom de famille qui lui est venu à l'esprit en en cherchant un commençant par la lettre D. Il est très fréquent dans le Nord. Sa première fausse identité est lancée. C'est son deuxième mensonge après l'aveu abusif de paternité pour couper court à la discussion avec sa mère.

— Peu importe, dit le capitaine Yonnet.

— Pardon ?

— Peu importe ton nom. Quand j'ai vu ta silhouette sur le banc, j'ai cru un instant que le cadet des deux frères dormeurs était revenu. Erreur, bien sûr. Tu es un jeune homme de bonne famille en cavale. Milicien ?

Albert bafouille, proteste.

— Bon, bon, dit le capitaine Yonnet. Il n'y avait pas d'offense. Pour le moment, la tartine pour certains a tendance à tomber du mauvais côté. Pas loin d'ici, dans une cave de la rue Mouffetard, tu pourrais trouver une sorte de monastère d'anciens miliciens et LVF. Ils sont vingt-trois, le plus âgé a soixante-douze ans et le plus jeune dix-sept. Dans la journée ils attaquent les caisses d'épargne ou font du marché noir. Le soir, quoi qu'il arrive, ils se réunissent pour dire le chapelet. Spécial. Mais ce n'est pas moi qui leur jetterai la pierre, j'ai vu pire. Je suis l'homme qui a arrêté le docteur Petiot.

Albert, qui défaille de faim, ne paraît pas suffisamment impressionné. Yonnet précise : « Le plus grand assassin de tous les temps. Mais il faut que je te nourrisse, puisque tu ne bois pas. Les vrais clochards boivent, petit. Ne pas rêver, et la bouteille : voilà les vraies armes de la cloche. » Il appelle Albert « petit » (alors que Dehousse a quinze centimètres de plus que lui) comme un bleu qu'il viendrait de « toucher » à la caserne de Reuilly et l'entraîne dans un bistrot de la place Maubert.

— Ne parle pas et mange. J'en ai connu, des

gens qui ont cherché à changer de vie. Pas tous par plaisir. Pendant deux ans, de 42 à 44, je me suis caché dans les caves et greniers du secteur qui est le quartier magique de Paris. Comment ? Tu ne sais pas cela ? La rue de Bièvre, Saint-Séverin, les Gobelins ? Le triangle noir où habitait Alexis, l'horloger multicentenaire dont les pendules avaient des aiguilles qui tournaient à l'envers ? Leurs propriétaires rajeunissaient de toutes les heures qu'elles marquaient. Ouais, ouais : agréable au début, mais bien vite, tu peux calculer la date de ta mort puisque c'est le compte à rebours jusqu'à ta naissance. Et c'est un supplice qu'aucun homme ne peut supporter, de savoir exactement, à la minute, à la seconde près, combien de temps il lui reste à vivre.

Yonnet sort de sa poche une carte barrée de tricolore et des tickets d'alimentation. Sur le menu du bistrot, il choisit les plats pour Albert.

— Pas trop d'un coup. Il faut réapprendre à t'alimenter. Tu sais ce que c'est le Grand Œuvre ?

— Non, dit Albert la bouche pleine de cervelas rémoulade.

— Un bleu, commente Yonnet. Un bleu qui voulait fuir sa vie ! On ne fuit pas sa vie, on la transforme en la pétrissant comme dans le mortier alchimique. A force de pétrir et écraser et pilonner, la nature change. Celle de l'alchimiste, bien sûr, la seule qui compte. Parfois il arrive aussi que le plomb vil en or pur soit changé ; détail. Mais l'objectif c'est là ! Et il lui met le doigt sur la tête, le cœur, les épaules. Albert en reste la fourchette en l'air.

— Mange, lui dit Yonnet. Avant de changer

la matière, il faut la nourrir. De ce lapin-moutarde arrosé de bourgueil, la matière va fabriquer du Dehousse Albert, puisque tu dis que c'est ton nom. Après, Dehousse Albert va pilonner Dehousse Albert comme le lapin-moutarde a été écrasé sous ses molaires. L'important est que tu sois en même temps dans le mortier, et que tu tiennes le manche du mortier. Simple non ? Ne me réponds pas la bouche pleine. C'est mal élevé, et pas ton genre.

« Un Yonnet spécial », commande le capitaine en habitué. On lui apporte un double sandwich moitié rillettes, moitié sardines. Albert s'étonne.

— 1943, répond Yonnet. Hiver 1943. D'une part une cave de la rue Monge où il y avait un stock de sardines façon Concarneau, d'autre part une petite amie qui tenait une triperie-volailles. Pour survivre, j'ai combiné le meilleur de chaque. Après, comme le whisky, ça devient un goût acquis.

Et il sert un coup de rouge à Albert.

— Qu'est-ce que c'est que les frères dormeurs ? demande Albert en pensant au début de la conversation.

— Ah, tu as de la mémoire, et de l'attention. C'est bien pour le Grand Œuvre. Voilà : ce sont deux frères qui avaient pour métier de « dormir les maladies » des habitants du quartier. Tu avais une bronchite, des rhumatismes, un lumbago, tu allais voir les deux frères, tu leur expliquais, ils te disaient d'accord. Votre lumbago, on va vous le dormir en quatre jours, et vous ne sentirez plus rien. Pendant qu'ils dormaient (seulement aux heures de travail et ce banc où tu étais écroulé était l'un de leurs lieux de travail), ils prenaient sur eux, à leur compte, ta maladie. Ils t'en déchargeaient. Tu comprends ? Hum ! Pour des maladies plus graves, ils les dormaient à deux et plus longtemps, bien sûr. Puis le drame est arrivé. Le patron de ce bistrot, Lucien — à propos tu reprendras un peu de vin, boire pendant les repas ce n'est pas boire —, dit un jour aux frères dormeurs : « J'ai la migraine, des vertiges. D'abord j'ai accusé le blanc de pays au comptoir. Mais même avec de l'AOC le mal de tête continue. Pas normal non ? Alors vous me dormez un petit coup ma pince dans le crâne, les frangins. D'accord ? » D'accord. Trois jours après, Lucien sort pour aller saluer les frères dormeurs qui venaient de finir de dormir la phlébite de la concierge du 9 et se préparaient à dormir de nouveau la pince dans le crâne de Lucien.

« — Ça va ? — Ça va. Si vous veniez habiter au bistrot vous pourriez me faire des heures supplémentaires. Je vous loge. Je vous nourris. Deux bons matelas pour le gîte, soupe paysanne, plat du jour, fromage *et* dessert pour le couvert. Déjà avec ce que vous avez dormi, ça va mieux. On va accélérer la guérison. » Et les frères dormeurs s'installent chez Lucien. Au début, parfait. Puis, la semaine suivante, un problème. Les deux frères, en dehors des heures de travail dormies, si j'ose dire, dorment pour eux sept à huit heures par nuit. Pour la première fois de leur vie, ils ont du mal à s'endormir, se réveillent plus tôt que prévu. Le lendemain, pire : quatre à cinq heures de sommeil, agité, mauvais. Le surlendemain, la catastrophe, la maladie professionnelle sans appel, l'accident du travail irrémédiable : les frères dormeurs sont devenus insomniaques ! En même temps, Lucien qui allait mieux a rechuté. Les migraines et les vertiges ont empiré. Il a perdu près de dix kilos. Il se traîne comme une ombre entre comptoir et terrasse.

« Quand les frères dormeurs en sont à leur troisième nuit blanche, Lucien meurt à l'aube.

Un temps.

— Un jour je raconterai tout cela dans un livre. J'ai bien dit fromage *et* dessert. Ça n'a pas changé. Prends donc du cantal. C'est bon pour les os. Où en étais-je ?

— Le patron est mort.

— Ah oui. On a eu le fin mot à l'enterrement. Devant la fosse ouverte, quand les croque-morts passent les cordes sous le cercueil pour le descendre, sa veuve, la belle Rita, tombe à genoux en criant : « Pardon ! Lucien ! Pardon ! » Émotion, questions. Elle crie encore plus fort, la belle Rita, en mangeant son mouchoir et le mascara lui coule jusqu'au menton.

« — Je suis une salope. Lucien, je t'ai tué. Je suis un monstre. » On la prend sous les bras, on l'emporte avec son mouchoir et son mascara. Ces histoires de famille ne regardent pas le public. Voilà. Elle avait un coquin. Ils avaient décidé de se débarrasser du mari pour hériter du bistrot. Elle lui mettait de l'arsenic dans son vin blanc. Quand les frères dormeurs commencent leur travail, Lucien va mieux, elle prend peur. C'est elle qui suggère à son mari de les prendre à domicile. Là, tous les soirs, elle leur pile du maxiton dans leur potage paysanne. Insomnies, nuits blanches... Mort de Lucien. La belle Rita est désespérée. Elle a pourtant eu ce qu'elle voulait. Elle vend le bistrot, se brouille avec son coquin, disparaît dans le Midi : nous, silence. Les histoires de famille...

— Je peux reprendre du fromage ?

— Oui bien sûr. Hep, le cantal ! Non, apportez tout le fromage, voyons, pas des portions préparées à l'avance, ce n'est pas de la Vache-qui-rit. Bon. Quant aux frères dormeurs, quelque chose s'était cassé en eux avec ce drame. Même sans doses de maxiton, ils ne trouvaient plus le sommeil. Ils allaient de cauchemars en mauvaises suées. Pourquoi, je ne sais, mais ils se sentaient eux aussi sinon des assassins, du moins l'instrument du crime. Alors ils ont cherché à leur tour quelqu'un pour dormir leur maladie. Sans succès. Il n'y avait que deux frères dormeurs.

Le capitaine Yonnet se tait.

Albert a envie de se servir un verre de vin, hésite, tend la main vers la bouteille, la retire, croit poli de poser une question...

— Et ils sont devenus ?

Yonnet prend la bouteille, le sert, se sert, et dit :

— Ils sont morts. C'est encore la seule façon définitive de vaincre l'insomnie.

— Pourquoi m'avez-vous raconté cette histoire, demande Albert en repliant sa serviette à petits carreaux.

— Pour la leçon de logique. On a toujours ce qu'on veut : simple qucstion de méthode. Il suffit de mettre la mécanique en route. J'ai bien vu que tu n'étais pas un vrai clochard. Les mains, les yeux, tout. Moi, quand j'ai été deux ans en cavale, j'avais une raison : je fuyais les

Allemands. Si ce ne sont pas les Allemands que tu fuis, ou les résistants, c'est quoi ? Trop de malheureux dans la cloche de ce quartier ont gâché leur vie parce qu'ils ne fuyaient qu'eux-mêmes, et là, pas de solution. Sauf, je t'ai prévenu, la fin des rêves et la bouteille. Ou alors il faut te décider à te construire une autre vie. Tu dois savoir qui tu veux être, et passer à l'action. N'oublie pas : tu es dans le mortier, et c'est toi qui tiens le pilon. Le contraire de la cavale, de la fuite, de l'évasion. Cela s'appelle la magie. Tu vas commencer par te raser.

Albert se lève, fait mine de remercier pour le repas. D'une poussée amicale sur l'épaule, Yonnet le fait rasseoir.

— J'ai encore une autre histoire à te raconter.

L'après-midi commence. Au froid givrant a succédé un pâle soleil qui ne durera pas. L'écrivain André Billy exige l'épuration de l'académie Goncourt. La nationalisation des usines Renault est proclamée. Les Allemands attaquent en direction de Strasbourg. L'actrice Jocelyne Gael, maîtresse d'un tueur du PPF, est arrêtée. Le ravitaillement accorde 250 grammes de confiture, cartes J1, J2 et J3 (ticket DH).

De l'autre côté de la place, Albert voit la queue s'allonger devant l'épicerie qui jouxte une charcuterie. Qui fait la queue pour lui à Lambersart ? Sa mère est morte. Yvette a tout par la cantine de l'usine. Elle est gentille Yvette. Dans sa tête Albert fait la liste des services qu'elle lui a rendus. Est-ce qu'il ne devrait pas y avoir des vacances légales, des congés payés, pour le mariage, la gratitude, la vie normale ?

Pour le moment, il n'a pas envie de retourner à Lille. Il fait chaud dans le bistrot. Le capitaine Yonnet, au garçon :

— Deux cafés, et des vrais, sinon je vous dénonce pour nous avoir donné du cantal authentique. C'est sûrement interdit. Oui, je suis l'homme qui a arrêté le docteur Petiot. Le docteur Petiot voulait aussi changer de vie. Changer de vie sans se changer soi-même... Impossible, mon petit. Cela s'appelle le crime.

Yonnet se fait servir un verre de fine, le refuse pour Albert : « Tu as déjà assez bu pour aujourd'hui. Écoute-moi : voilà un homme sorti de rien et qui veut la puissance et la gloire. Normal. Il fait sa médecine, achète pas cher une clientèle dans la cambrousse. Il devient le sympathique docteur qui oublie de réclamer ses honoraires. Il est élu maire. Plutôt laïc et républicain comme on est dans le secteur. Normal. Il travaille, soigne, administre. Quand il sort de chez lui, il salue les réverbères pour le cas où il y aurait une loi qui donnerait le droit de vote aux réverbères. Encore normal. Il espère, sans le dire, être un jour conseiller général, sénateur, ministre. Toujours normal. Arrive la guerre, l'occupation. Le docteur Petiot n'a pas d'âme. Il faut que tu saches, petit, que c'est très rare d'avoir une âme individuelle. Parfois les événements t'en fabriquent un peu. Comme la cornue et le mortier de l'alchimiste, à force de distiller, de pétrir et de triturer. Pas pour le docteur Petiot. Il veut seulement changer de vie.

« Il lit, comme toi et moi, les histoires de faux policiers qui dévalisent les gens chez eux. (Aujourd'hui, ce sont les faux FFI.) Il entend parler des juifs, des résistants qui fuient les Allemands. Il se dit qu'il tient là une occasion superbe de faire fortune. La puissance et la gloire, très vite. Mieux que de saluer les réverbères municipaux. Il loue un hôtel particulier à Paris dans le 16e arrondissement, à deux pas de l'avenue Foch. Il laisse entendre qu'il a un réseau de passeurs pour faire filer les juifs en Amérique latine. Prendre avec soi toutes ses valeurs sous la forme la moins volumineuse, pièces d'or, bijoux. Ça marche. Il gaze ses clients dans une petite pièce spéciale où il surveille l'agonie par un œilleton. Plus du tout normal. Ensuite, il brûle les cadavres dans sa cave. Soixante-deux cadavres. Cinq fois Landru.

« Je l'ai piégé. Je me suis dit : c'est un vaniteux, il n'a pas d'âme. J'ai donc fait paraître dans *Résistance* un article où je mettais en doute les exploits qu'il s'attribuait à coups de pseudonymes : Docteur Eugène, n° 46, Correspondant du groupe Moteur, Chef du groupe Fly-tox. Le groupe Fly-tox ! J'ai tout contesté.

« Il est tombé dans le piège. Il a envoyé une lettre au journal : il a été possible de le « loger » comme on dit dans les services. Et où ? A la caserne de Reuilly ! Adjoint au commandant du 2e bureau du bataillon de dépôt du premier régiment de marche ! Et en prime, commissaire auxiliaire à la Justice militaire ! Comme dans l'armée ils sont honnêtes, les militaires croient que les autres le sont aussi. Il faut seulement mentir gros. Tu sais son erreur, petit ? D'avoir par vanité répondu à mon article. Et d'avoir choisi une adresse dans les beaux quartiers. C'est la fumée de sa chaudière mal réglée qui l'a trahi en alertant les voisins et la concierge. Dans un quartier à usines, à Romainville ou Livry-Gargan, qui se serait inquiété d'une fumée nauséabonde ? La vanité. Regarde-moi : peut-être, toi, tu as une âme individuelle. Il suffit alors de changer de vie. Invente, petit. Et méfie-toi du passé. Nous ne sommes tous que d'assez pauvres diables avec une longue queue qui sort de notre redingote. Le passé n'a qu'à étendre la main pour nous tirer par la queue. Va te raser.

« Tu trouveras dans la poche de ta canadienne un peu d'argent et l'adresse d'un hôtel dans le bas du 13ᵉ : les servantes sont montantes et on ne demande pas trop de pièces d'identité. C'est l'une des bonnes adresses pour truands parisiens en mal de condé. Tu feras le gardien de nuit et ils te logeront si tu viens de ma part, tu diras celui dont la femme a un magasin de fourrures rue des Écoles. Tu te souviendras ? Et puis travaille. Tu es celui que tu as décidé d'être. Je t'ai raconté l'histoire de ce Petiot que j'ai arrêté pour que tu comprennes la logique. Il finit mal, parce qu'il ne voulait être que lui-même. Petit jeu. Ce n'est pas la magie.

Très vite le capitaine Yonnet s'en va. Albert aussi, la tête un peu bourdonnante du vin bu pour la première fois.

Deux ans plus tard, en 1947, Albert Dehousse viendra à Paris de Baden-Baden pour une réunion des différents responsables des services secrets. Il a laissé chauffeur et voiture de fonction à Servane, sa nouvelle femme, qui a des courses à faire. Albert porte un uniforme impeccable, bon drap, grand tailleur, cinq galons sur l'épaule. Une seule décoration : la rosette de la Légion d'honneur. A une station de taxis où un groupe de clients attend, il déborde la file pour prendre le premier qui vient et personne n'ose protester contre la priorité que s'octroie cet officier supérieur si bien mis. Un petit homme vêtu de surplus américain froissé et embarrassé de grands paquets mal ficelés avait déjà une main sur la portière.

Quand il voit Albert, il le reconnaît. Et Albert le reconnaît aussi. Le banc de la place Maubert, les frères dormeurs, le déjeuner dans le bistrot du patron assassiné, le docteur qui n'avait pas d'âme... Yonnet s'efface, passe deux paquets de sa main droite à sa main gauche. En regardant Albert, il siffle d'admiration, salue et dit entre ses dents : « La magie. »

Albert incline la tête, rend le salut militaire, prend le taxi.

6

L'ART ET LES MANIÈRES

COMMENT se fait-il que chaque fois que j'essaie de rassembler des souvenirs sur cette époque, il me semble toujours que la nuit allait tomber ? Peut-être le froid, le petit froid intérieur de la faim, du doute, de l'attente. Mais aussi l'hiver a été si mauvais.

L'écrivain André Billy est élu à l'académie Goncourt. Les armées soviétiques encerclent Budapest. Lutte contre le marché noir à Paris. L'offensive allemande dans les Ardennes a échoué. Un litre de vin aux cartes J3, A, T, et V. Exécution au fort de Montrouge des neuf membres de la bande Bony-Lafont qui travaillait pour la Gestapo. Hitler annonce qu'il ne capitulera jamais.

Depuis qu'il a le gîte assuré, Albert a trouvé l'énergie nécessaire sinon pour changer de vie, du moins pour survivre. Les filles de l'hôtel qui le trouvent « mignon », « gentil », voire « l'air distingué », lui font faire leurs courses, porter des messages et le paient en bons pourboires. Ce qui déplaît à l'un de leurs protecteurs. Coups de poing au visage, chaussures pointues dans les côtes. Albert proteste :

— Mais je n'ai rien fait !

— Juste, dit le truand qui surveille, assis sur le lit à côté de la fille en larmes, la raclée donnée par deux jeunes voyous. Ça, c'est une leçon pour ceux qui n'ont rien fait. Les leçons pour ceux qui ont fait, c'est beaucoup plus cher.

Albert utilisera plus tard ce passage à tabac en y ajoutant une pincée d'humour.

« Très supportable. J'ai eu la chance de tomber sur deux exécutants que donner des coups fatiguait. Patriotes, peut-être. Corses sûrement. » On le remarque, pas un mensonge : ou plutôt le seul mensonge est l'allusion au « patriotisme » éventuel des acteurs qui donne à l'incident un contexte de clandestinité. En tout cas, le capitaine Yonnet aurait été content. Albert est dans le mortier.

La fille dit à Albert : « Il ne faut plus que je te donne d'argent. Il a raison Tony, c'est agaçant pour lui. Ce soir, c'est le 31 décembre. Tu peux gagner pas mal devant les restaurants du marché noir. Les grossiums qui arrivent en voiture ou qui sortent, tu leur ouvres la portière. Bien sûr, tu partages les pourboires avec le chasseur. Un soir de réveillon, il ne peut pas être partout et ça l'arrangera d'avoir un garçon avec des manières comme toi pour l'aider. On se fait si facilement arnaquer. Attends : ne t'habille pas n'importe comment. Pas en clochard, ça fait peur, ça dégoûte et les pourboires sont moins gros. Pas trop bien non plus ; il y en a qui en profiteraient pour ne rien te donner.

Non, il faut viser juste : pauvre mais propre. C'est ce qui rapporte le plus. Tiens, ce qui est bon aussi, s'il pleut ou s'il fait froid, c'est *pas de manteau :* tu cours en taille sous la pluie pour ouvrir la porte. Ça émeut. Je vais dire au chasseur du Cochon de payant, c'est le meilleur bistrot pour le moment, que je t'envoie vers 9 heures. Après, la place risque d'être prise. Viens, j'ai un gilet de laine que tu vas mettre sous ta chemise pour faire le *pas de manteau.*

Ce soir de réveillon, Maurice Chevalier chante au Casino de Paris. Des menaces anonymes ont annoncé un attentat « anticollabo ». Le préfet de police envoie dans la salle six gardiens en tenue et deux en bourgeois. Pas d'attentat, mais onze rappels. Dans un bal du boulevard Diderot neuf Allemands en tenue militaire française et avec des papiers FFI sont arrêtés. Albert court dans le froid ouvrir les portières aux clients du restaurant de marché noir.

Vers deux heures du matin, il claque des dents malgré le gilet de la fille et tombe d'inanition. Les billets dans sa poche lui donnent un grand sentiment de fierté, l'impression pour la première fois de gagner de l'argent par lui-même. Il se dit : encore un, et je m'en vais. Mais il reste. Quand il est décidé à partir parce qu'il croit qu'il n'y a plus de clients, la porte du restaurant s'ouvre avec son angle de lumière et de chaleur qui balaie le trottoir. Le chasseur siffle à s'en faire éclater les poumons. Quatre Citroën noires s'avancent. On entend par la porte ouverte des « merci » du personnel, des brouhahas, des appels : Ernesto ! Gaby ! Shimon ! Tonio ! Un groupe d'hommes sortent en serrant les ceintures et relevant le col de leurs poils de chameau. Ils encadrent un jeune quadragénaire blafard et gras à qui le chasseur vient avec onction de passer sa pelisse de fourrure. Albert se précipite vers les poignées de porte. Trop tard. A toutes les voitures, des chauffeurs, des gardes du corps, des assistants sont déjà en position. Alors Albert, qui a reçu une bonne éducation, s'incline vers ce personnage et dit : « Tous mes vœux, monsieur. »

L'homme jeune et gras s'arrête. Tout le groupe s'arrête. Les chauffeurs se figent à leur volant, les teneurs de portières à leurs portières, les gardes du corps aux aguets.

— Pauvrhes cons, dit l'homme très entouré. Vous êtes tous des pauvrrhes cons.

Il a un fort accent bessarabien qui ne roule pas seulement les *r* mais les accroche...

— Seul ce type sans manteau a eu l'idée de me souhaiter la bonne année. Vous n'avez pas de ma-ni-errhes.

— Oui, Monsieur Joseph.

— Non, Monsieur Joseph.

— Quand je vous engueule, et je vous trrhaite de merrhde, on ne me rrhépond pas : Monsieur Joseph. Monsieur Joseph c'est dans la confiance et l'amitié. Quand je vous engueule on rhépond : Monsieur Joi-no-vici.

— Oui, Monsieur Joi-no-vici.

— Qu'est-ce que tu fais dans la vie, toi le grrhand blond, t'as rrhien de mieux que de courrhirh ouvrirh les portièrhes ? demande Joseph Joinovici à Albert.

— J'écris, dit modestement Albert.

— J'ai tout, dit Joinovici. Cinq millions, j'ai payé Bony et Lafont le drrhoit de ne pas porrhter l'étoile jaune. Cinq millions à Bony et Lafont pour l'ausweiss perrhmanent. Cinq millions à Bony et Lafont pour leur villa à Bazoches. Aux Allemands, je livrrhe la ferrhaille et le cuivrhe, et le laiton, et le zinc, et le plomb. Ils veulent du brrhonze ? Je livre du brrhonze. Aux résistants, je livrrhe Bony et Lafont, et leur villa de Bazoches. Tu sais, le blond sans manteau, qui je suis ? L'homme qui rrhend service. J'ai même un cerhtificat de rrhésistance. Tu sais lirhe, toi ? Tiens, lis.

Et il tend un papier à Albert. « A haute voix ! » commande Joinovici. Albert tousse pour s'éclaircir la voix. Joinovici commente : « Il a toussé avant de lirhe. C'est ça les bonnes manierrhes. » Albert lit :

« Aides apportées par M. Joinovici à l'organisation :

« Fournissait des voitures à chaque besoin, conduisait et protégeait le transport sous couvert de ses connaissances à la police allemande.

« Prêta un appartement pour y établir un bureau.

« Effectua tous les transports que Piednoir lui demandait en vue de trouver des armes et rapporter tout l'armement qui fut employé dans la défense de la préfecture de Police contre les Allemands, des endroits suivants : Nangis, La Brosse (Seine-et-Marne), Aillant-sur-Tholon, Sommeraize (Yonne), 101 quai de Seine à Neuilly, dans les dépôts de Montrouge. Transporta ces armes à la préfecture de Police le jour de l'insurrection.

« Fournissait faux papiers allemands et sondermission pour transports d'armes.

« Fournissait cartes de service allemandes pour le directeur de cabinet.

« Fit tirer des photos de De Gaulle au bénéfice de l'organisation. »

Albert tousse encore, mais parce qu'il a froid. Joinovici approuve : « Bien lu. Trrhès bien lu. » Un temps : « Et tu es discrrhet. Tu n'as pas lu la signaturrhe. C'est signé le rrhesponsable, et le nom d'un commissairrhe de police. Moi je ne sais pas lirhe. Ni écrrirhe. Mais je connais. Tout est dans ma tête. Tous ceux à qui j'ai rrhendu serrvice. Les noms. Prhéfets, ministrhes. Des milliers. Tu vas écrrirhe pour moi. A tous. Des vœux de moi. A la main, comme il faut. Autourh de moi, ils n'ont pas de ma-ni-errhes. »

Devant le restaurant, dans la nuit du 31 décembre 1944 au 1er janvier 1945, sous la pluie froide qui vient de reprendre, au bord du trottoir ou attendent les Citroën traction-avant, Joinovici, pour évoquer les bonnes manières, mime une dame de la société qui tient très haut sa tasse de thé avec le petit doigt levé. Et il rit tant que ses bajoues et son menton tremblent. Et tous les gardes du corps, assistants, chauffeurs rient avec lui en essayant de faire trembler leurs joues et leur menton. D'un coup, il s'arrête, et tous s'arrêtent. Il dit en montrant Albert : « Il n'a pas de manteau. Tony, donne-lui ton manteau. »

Pendant dix jours Albert écrit les cartes de vœux de Joinovici dans un entresol occupé par des tailleurs clandestins et un négociant en vieux papiers. D'abord la formule. Albert en a proposé plusieurs, c'est la quatrième qui sera acceptée avec un claquement de langue : « Monsieur Joseph Joinovici vous présente ses vœux les plus sincères et les plus cordiaux pour la nouvelle année, avec son meilleur souvenir. » Ce qui a plu à Monsieur Joseph, c'est le *meilleur souvenir*. Rappel discret de quelques services rendus. « Bon, ça. Délicat. Trrhès délicat. » Ensuite l'écriture. Monsieur Joseph ne sait pas écrire mais apprécie, à l'œil, la forme générale, l'allure. Un vrai chef : pour lui il n'y a pas de détails sans importance. Six fois, Albert doit refaire un modèle. Puis Joinovici cite des noms, les assistants précisent une fonction, parfois une adresse. 4 253 noms. Albert écrit 4 253 cartes. Il a, il ne sait pourquoi, un réflexe : il garde la liste des destinataires.

Avec les liasses de gros billets que lui jette Joinovici, il a calculé qu'il peut tenir janvier, février, mars. Trois mois, avec un loyer modeste, un seul repas par jour, en lavant lui-même son linge. Quand Joinovici lui propose de rester, « Tu aurhas ce que tu veux. Un garçon si bien élevé et si discrrhet comme toi c'est de l'orrh », il refuse. Il ne veut plus écrire des cartes de vœux aux autres. Il veut être de ceux à qui on adresse des vœux. Et puisqu'il y a tant de nouveaux seigneurs issus de la Résistance, il sera l'un de ces seigneurs. Faux, puisqu'il a trop attendu pour être un vrai.

Je me souviens, dans un dîner pour le premier anniversaire de la victoire, en mai 46, la conversation tombera sur le choix des « pseudos ». Marie-Madeleine Fourcade explique avec son sourire délicieux pourquoi elle a choisi *Hérisson*. Morvan hésite un moment. « Pourquoi Jean Marin ? Je ne sais plus. Marin me semblait pourtant si évident... » Quand c'est le tour d'Albert de s'exprimer, il pense aux conseils du capitaine Yonnet et dit : « Mortier. » « Ah ! dit un convive qui veut jouer les avertis, comme le mortier Brandt de l'armée française. » « Calibre plus petit », répond Albert. Il a mis les rieurs de son côté et il ne s'est pas découvert.

Le 3 janvier, le général de Gaulle a refusé le plan américain d'évacuation de Strasbourg menacé par la nouvelle offensive allemande. Le journaliste Albert Lejeune, directeur du *Petit Niçois*, est fusillé. Le camouflage des lumières à Paris est réglementé. Le 5 janvier, Tino Rossi est remis en liberté. A la mi-janvier le gel prend toute la France. M. de La Varende démissionne de l'académie Goncourt. L'armée Rouge franchit la Vistule. Il neige et dans toute la région parisienne les usines ferment faute de chauffage. Le format des journaux est réduit par manque de papier, les trains sont supprimés sur le réseau Nord, puis réservés sur tous les réseaux aux seuls porteurs d'ordres de mission.

Albert quitte Joinovici. Il n'a pas voulu non plus retourner dans l'hôtel garni du 13ᵉ où il était gardien de nuit et où les filles trouvaient distingué son air de blond un peu fragile. Il a loué une chambre sous les toits — sans ascenseur — dans un quartier où il ne connaît personne, à la limite du 15ᵉ et du 7ᵉ, pas loin du 7ᵉ pour la dignité, dans le 15ᵉ pour la modestie des prix. Il a vérifié la qualité des autres locataires : un professeur de lycée, une veuve d'officier de marine, un lieutenant-colonel en retraite. Que des gens « bien », aurait apprécié Mme Dehousse mère. L'adresse lui permettra de répondre, quand on lui demande où il habite : « A côté de l'École militaire. C'est plus commode pour moi. » Ce qui ne veut rien dire, laisse entendre beaucoup, sans être un mensonge. La technique Dehousse.

Il a réparti l'argent donné par Joinovici en enveloppes pour ses dépenses des trois mois à venir. Dans la plus grosse, de quoi acheter tous les journaux quotidiens, hebdomadaires, mensuels. Chaque matin, il part comme s'il allait au bureau, serviette à la main. Il va assister aux procès des cours de justice. Il écoute, note, apprend. La salle est chauffée. Dans le public, il s'assoit si possible à côté de personnalités de la Résistance. Il les repère facilement : la presse les prend en photo. Il va aussi aux cérémonies pour le retour des premiers prisonniers et déportés libérés par l'avance alliée. On peut le distinguer au deuxième ou troisième rang, pas loin des officiels. Assez pour que les officiels le voient. Pas assez pour que dans le Nord quelqu'un le reconnaisse. A la mairie de Lambersart, pour la troisième fois, Yvette est revenue signaler la disparition inexpliquée de son mari.

Le soir, Albert rentre dans sa chambre de bonne et travaille avec autant de passion qu'il mettait à lire les livres rouge et or de son enfance dans le couloir de la vieille maison. Il s'est acheté un guide et un plan de Londres, il apprend par cœur les noms des rues, des stations de métro, des carrefours, des monuments. Pendant un mois il découpe dans la presse tout ce qui touche à la vie de la Résistance, de ses hommes, de ses réseaux. En France, en Angleterre, à Alger. Les reportages, les interviews, les mémoires ne manquent pas. Il met en fiches les détails de la vie quotidienne des speakers français de la BBC, les tics de langage de Buckmaster — le patron du SOE britannique —, les reparties du général de Gaulle à ses proches, les intrigues d'Afrique du Nord, le menu de la cantine de Patriotic House où les Français arrivant à Londres étaient interrogés et retournés sur le gril par les services secrets de Sa Majesté. Il n'ignore rien de la tenue d'un chef d'îlot de l'East End, des manies du major Cohen et le prénom d'Hettier de Boislambert.

Alors il tente son premier grand coup. La presse annonce périodiquement des réceptions données par les anciens d'un groupe de Résistance. Un jour il lit : « Vendredi 16 février à partir de 18 heures, ceux du réseau X se retrouveront pour le verre de l'amitié. Se munir de la carte d'invitation. » Il semble me souvenir que c'était à l'hôtel Lutetia. La journée avait été très pluvieuse et les inondations reprenaient dans toute la France. Louis Jouvet venait de rentrer à Paris. Le ticket DA avait été honoré pour 90 grammes de viande. Sous le bombardement américain de Dresde, plus de deux cent mille civils allemands étaient morts. Albert vers 18 h 30 mit son seul bon costume, gardé pour la circonstance, et se rendit à l'hôtel Lutetia.

Dans l'entrée, à une petite table, une jeune fille à permanente et lunettes contrôle les cartes. Albert attend qu'un groupe de plusieurs personnes entrent en même temps et pendant que la jeune fille pointe les arrivants, passe dans leurs dos et rejoint la salle du cocktail. Classique.

Et c'est là que son génie, oui son génie, va se manifester pour la première fois. L'attaque pour ne pas avoir à se défendre, le contre-pied stratégique. Le grand style Dehousse. Il attend que la jeune fille chargée du contrôle soit seule derrière sa table, ostensiblement il revient de la salle de réception et lui dit, planté devant elle, d'un air peiné malgré sa grande gentillesse naturelle : « Mademoiselle, vous faites mal votre travail. »

La jeune fille rougit, bafouille, rattrape ses lunettes. Albert, digne dans son complet bleu, la mine *qui aime bien châtie bien,* précise : « Vous avez vu que je viens du salon où j'étais avec nos amis, c'est clair, non ? Et pourtant vous ne m'avez pas contrôlé à l'entrée, vous ne m'avez pas demandé ma carte d'invitation. Vous ne faites pas bien votre travail. » Nez baissé de la contrôleuse. « Heureusement, d'ailleurs. Parce que, mademoiselle, vous n'êtes pas la seule à ne pas faire bien votre travail. Je n'a-vais-pas-re-çu-ma-carte-d'in-vi-ta-tion. Voulez-vous avoir l'obligeance de vérifier si mon nom n'a pas été omis sur votre liste ? Oui, Dehousse, Dehousse Albert, 3 square La Motte Picquet. Non ? Il n'y est pas ? Incroyable. C'est bien ce que je craignais. Rajoutez, mademoiselle. Albert Dehousse, 3 square La Motte Picquet, Paris. Pas au crayon, à l'encre s'il vous plaît. (Il lui tend son stylo.) Là, entre Debard Pierre et Durckeim-Denoyelle Jules. Merci mademoiselle. J'aime que les choses soient bien faites.

N'en parlons plus. » Et Albert, serein, retourne au cocktail se faire servir un jus de raisin. Comme les réseaux échangent leurs listes, il va désormais être invité automatiquement à toutes les réceptions. Sur le tapis rouge fatigué d'un vestibule de l'hôtel Lutetia, ce 16 février 1945, près de six mois après la libération de Paris, Albert vient de faire ses premiers pas dans la Résistance française.

Un mois encore, jusqu'au 15 mars, il va de cocktails en pots de l'amitié : juste pour être vu et que sa silhouette devienne familière. Il grignote quelques petits fours, boit modérément, parfois échange un léger signe de connivence avec une figure connue. L'amorce de la conversation, ce sera pour le second acte.

L'Angleterre vient de refuser un visa à Maurice Chevalier, déclaré « indésirable ». L'amiral Esteva a été condamné à la réclusion perpétuelle. Albert a suivi tout le procès au deuxième rang du public. Quatre-vingt-dix grammes de charcuterie (ticket G1) et 250 grammes de pâtes (ticket BC) ont été débloqués pour la semaine. Le pont de Remagen, sur le Rhin, a été pris d'assaut par la 9e DB américaine. Après la Turquie, la Finlande et la Roumanie ont déclaré la guerre à l'Allemagne. Quatre-vingt-neuf prisonniers français libérés arrivent de Coblence. Albert est à la gare de l'Est pour les accueillir. La ligne 11 du métro est rouverte.

Je ne sais plus quel était le local, grand hôtel ou salons d'un palais ministériel prêtés pour la circonstance. La réception, toujours avec la même liste d'invités où figurait désormais Dehousse, était, me semble-t-il, plus particulièrement organisée en l'honneur des anciens de la BBC à Londres. En tout cas, j'en suis sûr, il y avait Maurice Schumann, Jean Oberlé, Jean Marin... Et un autre que j'appellerai seulement Henri. Albert s'approche du groupe qu'ils forment, regarde Henri, secoue la tête, regarde encore Henri, secoue de nouveau la tête. Henri voit ce monsieur qui le regarde avec insistance et dont la figure lui dit vaguement quelque chose. Poliment il fait un petit salut à son tour. Albert rend le salut, appuyé. L'autre aussi. Beaucoup d'imposteurs se seraient contentés de ce premier échange. Pas Albert Dehousse. Il s'approche de deux pas, croise les bras, regarde de nouveau fixement Henri et dit : « Henri, ne joue pas la comédie. *Tu ne me reconnais pas.* »

Henri est comme tout le monde. A priori il ne veut pas faire de peine à cet homme au visage familier qui le tutoie en l'appelant par son prénom. Il proteste, bafouille : « Mais si, bien sûr, mais... » Albert le coupe. « Non, Henri. Tu ne me reconnais pas. Dehousse, Albert. Tu as donc oublié ? Et les pieds paquet, le plat du jour, le mardi chez Roger à Soho (c'était un bistrot fréquenté par les Français de Londres où Henri avait ses habitudes, il l'avait lu dans un long reportage de *France-Soir*). Tu as oublié aussi ? » Henri se sent coupable, cherche à se faire pardonner. C'est lui qui présente Albert à tout le groupe en disant : « Notre camarade Dehousse. De Londres. Vous vous souvenez certainement. » Ainsi se bâtissent les certitudes.

Un mois encore. Dehousse maintenant serre des mains, est présenté, présente à son tour mais parle peu. Parfois le danger le frôle. « Et vous, c'était quel réseau ? » Il doit apprendre l'esquive. « Vous ne trouvez pas qu'on est un peu jeunes pour jouer les anciens combattants ? » Ou il enchaîne avec une anecdote pour détourner la conversation. Souvent, après un cocktail, des petits groupes vont dîner dans un bistrot pas trop regardant sur les tickets. Albert naturellement en est. Peu à peu il met au point sa technique de l'allusion créative qui laisse entendre mieux que toute affirmation.

Dans l'un de ces repas naît pour la centième fois le débat sur l'appel du 18 juin. C'est en quelque sorte un classique chez les gaullistes. Les rares qui l'ont entendu en direct témoignent. Beaucoup se vantent. D'autres discutent les épisodes de l'enregistrement. Entre les anciens de Londres les plus incontestés, les plus éminents, quatre ou cinq versions circulent. Même la date du 18 juin est parfois mise en cause ! Une voiture de la BBC est venue chercher le général à Seymore Place ? Non, c'est Geoffroy de Courcel qui a dû descendre dans la rue héler un taxi. Qui a passé le micro à de Gaulle ? On ne s'accorde que sur la présence et le rôle de Maurice Thierry. Le général Spears était là aussi, oui, non, pas d'accord. Pierre Bourdan ? Non. Jean Oberlé a fait un mot : « Il sort du studio mais il entre au petit Larousse », mais quand ? Dans le couloir ?

Albert Dehousse laisse dire et discuter. Il profite d'un silence pour placer de sa voix calme : « En tout cas les Anglais n'étaient en rien conscients de l'importance de l'événement.

Il y a des détails qui ne trompent pas. Vous vous souvenez, le directeur du protocole de la BBC n'est même pas venu attendre de Gaulle à l'entrée. C'est sa secrétaire qui est allée le chercher à l'ascenseur du quatrième étage. Elle a reçu un blâme par la suite parce qu'elle n'avait pas mis de bas. Une secrétaire du protocole sans bas, c'était aussi choquant qu'un préfet sans casquette, non ? » Et toute la tablée de résistants célèbres, de compagnons de la première heure, est fascinée. Parce que c'est vrai : la secrétaire anglaise n'avait pas de bas. C'est même le seul point incontesté de cette journée historique. On regarde Albert avec un intérêt, un respect accrus. Il a bien travaillé, Albert.

Pendant un mois, rien d'autre que des petits détails vrais, pris dans la presse, oubliés par les autres, remis par lui en situation. Le fait que les journalistes Gombault père et fils soient arrivés dans le même bateau que Kerenski, et que le roi Zog d'Albanie... Une citation d'Alexis Léger, alias Saint-John Perse, si typique de l'attitude de la haute administration et des milieux dirigeants, disant à de Gaulle : « Vous êtes militaire, faites la guerre. Pas de politique et surtout pas de gouvernement ! » Le nom du planton du général. Oui, tous l'ont connu, le planton du général qui tapait aussi les lettres à l'époque héroïque des débuts. « Double interligne, disait-il, le général y tient. » Le général avait quitté le petit appartement de Scymore Place pour s'installer à St. Stephen House et le planton aidait Mlle de Miribel. « Mais bon Dieu, comment s'appelait-il ? » Seul Albert Dehousse sait. « Theetten », dit-il de sa voix modeste. « Mais c'est vrai, ça ! Theetten. Il est formidable, ce Dehousse. Il se souvient de tout. »

Ce n'est pas un rôle sans péril, de savoir tout sur les autres et de ne rien dire sur soi. Un jour, un convive après les présentations remarque : « Dehousse, Dehousse. Cela me rappelle quelque chose. Vous n'avez pas des parents dans le Nord ? » Albert coupe court. « C'est un pseudo. J'ai pris ce nom parce qu'il est très fréquent dans la région de Lille. En confidence, mon vrai nom est Strwlezcky. » « Pardon, dit le convive en rougissant, comme s'il avait fait une gaffe. Excusez-moi. » Bon prince, Albert excuse. En voilà un qui ne lui posera plus de questions. Et si on lui demande plus directement à propos de Londres ou d'ailleurs : « Mais vous étiez là à partir de quand ? » Il esquive encore. « Plus tard, bien plus tard. Mais cela n'empêche pas d'avoir de la mémoire. » Il est indispensable qu'il fasse admettre qu'il ne parle jamais de lui, et que ses silences tournent à son crédit. C'est le ton qui compte ou la façon de se taire. Il ressent à cet exercice de voltige une frayeur assez plaisante proche de celle qu'il éprouvait couché dans le couloir-bibliothèque à Lambersart en lisant les aventures mirifiques et terrifiantes des héros de son enfance.

Albert vide ses enveloppes de réserve, voit la fin de son argent. Deux ou trois fois, il a dû payer le dîner parce qu'il n'aurait pas été naturel qu'il ne payât jamais. Quand on lui demande « ce qu'il est devenu », c'est-à-dire ce qu'il fait maintenant, il s'en tire avec un sourire : « Retourné au privé. La famille ne garde pas les places éternellement, vous savez. Déjà les vacances ont été un peu longues... » Du Dehousse typique encore, cette phrase. Si juste, mais avec un tout autre sens.

Malheureusement, les petits fours des pots de l'amitié s'espacent, son bon costume s'élime. Fin mars, Albert a de nouveau faim et ne sait comment payer le loyer de sa chambre de bonne. Il n'est pas loin d'abandonner. Ce qu'il a dit comme une boutade pour esquiver une question risque de devenir vrai : les vacances sont sur le point de se terminer.

Le général Guderian est limogé par Hitler. Le film de Marcel Carné *Les Enfants du Paradis* sort aux cinémas Madeleine et Colisée. L'écrivain Drieu la Rochelle s'est suicidé. Quatre-vingts grammes de conserves américaines pour la semaine du 19 au 25. Les cours de justice, premier bilan, ont examiné 60 100 affaires et prononcé 679 peines de mort. Mayence est pris par les alliés, puis Francfort. La fin du Reich approche.

Albert évite de croiser la concierge pour retarder le moment du terme. Cela lui rappelle les locataires de la vieille maison de Lambersart. La concierge réussit un soir à le coincer dans l'escalier et lui tend un pli officiel. C'est une convocation pour le lendemain dans un bureau de l'École militaire. Albert hésite, décide de ne pas s'y rendre, puis d'y aller « pour voir ». Il lave sa chemise blanche et met son unique pantalon sous son matelas pour le repasser.

Un civil coiffé en brosse et qui porte l'insigne du régiment de chars des fusiliers marins le fait asseoir, lui offre une cigarette. « Anglaises seulement, répond Albert en s'excusant. Un goût acquis. » Il a repris naturellement sa tactique de l'allusion créative, il n'a donc pas abandonné. L'homme quitte son bureau, vient s'asseoir à côté d'Albert.

— Monsieur Dehousse, dans les milieux de la Résistance on a pour vous estime et sympathie (geste d'Albert). Si, si, vous savez beaucoup, vous avez sûrement beaucoup fait, et vous êtes discret. Un soir, devant certains de nos amis, vous avez eu une remarque très intéressante sur la difficulté de démasquer les agents douteux et les mythomanes. Oui (il lit une note), c'était à propos de ces deux médecins-capitaines qui s'étaient présentés à Londres comme cardiologues et qui avaient été recrutés pour tester médicalement nos camarades devant sauter en parachute. L'un n'était pas médecin mais officier allemand, l'autre pas capitaine mais infirmier dentiste. Nous avons vérifié, l'anecdote que vous avez racontée était tout à fait vraie et exemplaire.

Albert fait des ronds avec la fumée de sa cigarette anglaise. Il suffit de savoir lire la presse. Son hôte continue :

— L'affaire Jean Moulin n'est pas sortie, et j'espère bien qu'elle ne sortira jamais. (Il lit une autre note.) Vous avez aussi dit un soir que vous ne pensiez pas que Jean Moulin était un compagnon de route du parti communiste, et puis vous n'avez voulu ajouter aucun commentaire. Peut-on vous demander la raison de votre conviction ? Vous savez que cet aspect du drame de Calluire est la clé de beaucoup d'autres drames. Notre conversation sera oubliée, je vous le jure, dès que vous aurez quitté cette pièce.

Albert éteint sa cigarette et dit : « Du bon sens, rien que du bon sens. Jean Moulin, si je ne me trompe, a été nommé préfet à vingt-huit ans. Sous la IIIe République, il est invraisemblable d'être nommé préfet à vingt-huit ans si on n'est pas franc-maçon. Ce n'est absolument pas la même filière, ni la même chapelle que le PC. Mais c'est étrange comme personne ne veut jamais voir les évidences... »

Depuis qu'il lit systématiquement les journaux et s'intéresse aux événements, Albert s'aperçoit qu'il a été injuste avec Mme Dehousse mère. Il lui doit beaucoup. Ses commentaires, bougonnés ou amers, attribués au mari défunt l'avaient coupé du monde mais lui avaient appris sur les hommes de nombreuses vérités négatives.

Il sait au moins ce qui ne se fait en aucun cas.

L'homme s'est mis debout. « Ah », dit-il. Puis : « Bien. » Puis : « Merci, monsieur Dehousse. »

Albert assure son avantage. « Rien à voir par exemple avec l'affaire Déricourt. »

« Sûrement, dit l'homme à la brosse militaire. Rien à voir. » Et il va se rasseoir derrière son bureau. « Monsieur Dehousse, je vais vous révéler un secret d'État. Bien sûr je compte sur votre silence absolu. » (Signe de tête d'Albert, qui croise ses jambes parce qu'il vient de découvrir que son pantalon est si usé au genou gauche qu'on voit au travers.) « Vous savez que nos alliés, à Yalta, n'ont pas voulu donner à la

France une zone d'occupation en Allemagne. Veto de Staline, soutenu par les Américains. Nous voulons, nous aurons une zone d'occupation en Allemagne. Nous nous y préparons dès maintenant. La victoire doit être aussi la nôtre.

— Oui, dit Albert.

— Nous mettons en place les futures structures de commandement. Le renseignement, l'action psychologique seront un secteur clé.

— Certes, dit Albert.

— Vous qui connaissez tant de choses, pouvez-vous me dire là, maintenant, votre réaction à un nom que je vais citer ? Vous avez ma parole, votre témoignage ne sera jamais évoqué. C'est un service que je vous demande. Ce nom est : R... »

Albert plisse le front. Ce nom, c'est vrai, lui dit quelque chose. Ah ! voilà, il était sur la liste des 4 250 personnalités à qui il a envoyé une carte de vœux au nom de Monsieur Joseph avec son « meilleur souvenir ». « Trrhès délicat », avait apprécié Joinovici à propos de la formule. Albert prépare son effet. L'homme derrière le bureau attend.

— R... dit Albert songeur. R... Personnalité d'élite. (Un temps de silence.) Peut-être un peu trop lié à Monsieur Joseph, non ? Mais je n'ai rien contre les ferrailleurs.

— Merci, monsieur Dehousse. Je n'avais qu'une intuition, aucune preuve ! Votre remarque conforte mes appréhensions. En ces domaines, il est si difficile de faire confiance. Pourrais-je encore faire appel à vous ?

— Je suis un peu nomade, dit Albert, et pas facile à joindre. C'est mon côté VRP, je veux dire Voyageur Représentant Placier.

Je crois qu'Albert, en jouant ainsi avec la vérité, aimait se faire peur à lui-même. Mais est-ce que le propre de tout grand artiste n'est pas précisément de se jeter des défis...

— Vous pourriez avoir un bureau ici, dit le civil qui a servi dans le régiment de chars des fusiliers-marins.

— Pourquoi pas, dit Albert. Mais sur cour. J'ai toujours trouvé à l'École militaire les pièces de façade trop bruyantes.

Le 27 mars, le général de Gaulle donne lui-même l'ordre de franchir le Rhin. La 1re armée française traverse le fleuve le 31 mars, la 2e division d'infanterie marocaine suivie par la 5e division blindée à Gemersheim, la 9e division d'infanterie coloniale à Lawersheim. La France aura une zone d'occupation en Allemagne. Albert Dehousse y remplira de hautes fonctions.

7

LA PRISE DE KARLSRUHE

De loin, pour les premiers engins de reconnaissance, les ruines de la ville semblaient brûler d'un feu étrange à la fois très pâle et très intense dont la lueur montait jusqu'à se confondre avec celle de la lune dans cette haute nuit de printemps. Toute la journée, toute la soirée, l'artillerie française avait bombardé l'ancienne capitale du duché de Bade. Les combats, qui avaient été très durs, s'espaçaient. Sur l'aile gauche, le 2e choc dépassait les faubourgs. La fumée, par grands pans, doublait l'épaisseur de la nuit, puis se déchirait en laissant entrevoir les murs noircis des immeubles, puis l'écran des murs s'écroulait à son tour. A l'aile droite, le 4e RTM avait atteint le dépôt carbonisé des tramways. Au cœur de la vieille ville, les monuments du XVIIIe siècle semblaient toujours brûler de la même étrange flamme blanche. L'artillerie tirait encore. Un aboiement pour le départ, un grondement pour l'arrivée. C'était la première ville importante que l'armée française allait prendre outre-Rhin.

Un civil hagard, aux vêtements déchirés, l'œil à demi clos sous un pansement de fortune qui lui barrait le front, se présenta aux avant-postes français, levant les bras et criant des phrases inaudibles dans le choc des explosions et le vacarme des bâtiments qui s'effondraient. Il manqua d'être abattu d'une rafale. Comme les premières balles l'avaient raté, les tirailleurs y virent soit un signe du destin soit une invite à un jeu, et lui tirèrent systématiquement dans les pieds pour l'obliger à danser. Il était en tenue de cérémonie, une redingote dont les basques sautaient sur le fond de l'incendie blafard. Un gradé marocain s'approcha et lui cria à la figure : « Tu es fou dans ta tête ? » Et il le repoussa vers l'arrière. Toujours les bras en l'air, il fut ballotté d'homme en homme jusqu'à un lieutenant, la cigarette non allumée au coin de la bouche, qui lisait une carte à la lumière des phares de sa jeep. Le lieutenant replia la carte et dit sans enlever la cigarette : « Les gars, c'est droit devant. Méfiez-vous des mines, des pièges, des francs-tireurs. Qui est ce gugusse ? »

Le civil en redingote expliqua dans un français scolaire qu'il était le bourgmestre de Karlsruhe. On le bouscula de nouveau jusqu'au PC de compagnie. Il n'avait toujours pas baissé les bras. L'artillerie continuait de tirer. Il expliqua enfin, chaque mot douloureusement mais correctement exprimé, que toute la population avait fui dans les bois entourant la ville, « d'abord par crainte des troupes africaines tueuses de garçons et violeuses de filles. Ensuite parce que l'enfer du bombardement insupportable était. » Ainsi dans son émotion mélangeait-il la syntaxe d'une langue et le vocabulaire d'une autre. Un capitaine lui dit de baisser les bras et lui offrit une gauloise. Il n'osa pas la refuser, alors qu'il ne fumait pas.

En toussant, il fit savoir que les troupes allemandes s'étaient retirées en direction de la trouée de Pforzheim et que la ville était ouverte (ou plutôt les cendres de la ville étaient ouvertes, si on pouvait ainsi s'exprimer). Qu'il était inutile de continuer de tirer. Il n'y avait plus un être vivant dans Karlsruhe. Il était resté seul pour apporter au nom du Conseil municipal et de la population la reddition de la ville. Le malheur des temps voulait que ce fût aux Français. Les Américains étaient plus au nord et lui-même avait été bloqué longtemps par les décombres. La reddition venait trop tard. Il n'y avait plus de ville. Alors doucement il pleura. La fumée de la cigarette sans doute.

« C'est une ruse de guerre, dit un autre capitaine. Ces salauds de boches sont capables de tout. »

Les blindés français se regroupèrent. « Assaut final », annonça le chef de bataillon. On décida d'installer le maire en redingote sur l'avant du char de tête, comme cible première. Si les francs-tireurs et autres SS avaient monté une embuscade, ils tueraient d'abord leur bourgmestre. La colonne traversa d'autres faubourgs détruits qui n'étaient plus que des amoncellements de briques et de poutres métalliques tordues. Quand elle arriva au centre de la ville, les hommes sortirent des chars et regardèrent en silence.

La grand-place historique était un fantôme noir dressé vers le ciel, une sorte de charbon géant refroidi qui fumait par-ci par-là mais sans aucune flamme. Depuis des heures, tout ce qui pouvait brûler avait brûlé. L'immense incendie blanchâtre qui guidait les troupes françaises depuis leurs positions de départ n'existait pas. Il n'était que le reflet de la lumière de la lune sur un sol couvert des débris des innombrables vitres d'une architecture conçue par un margrave admirateur passionné de la galerie des Glaces de Versailles. Sur des hectares, les pavés disparaissaient sous les morceaux de verre. La lueur de la lune en jouait, dansait dans les baies des façades des immeubles éventrés, montait contre les murs calcinés, donnait l'illusion de vraies vitres aux étages nobles, sortait par l'absence de toit et se fondait en flamme blanche quelque part dans la Voie lactée. L'armée française victorieuse se taisait dans la nuit. Puis les commandos, qui avaient investi la place par l'autre aile, découvrirent les caves du musée des Antiquités et commencèrent à piller les illustres collections hellénistiques du grand-duc. « Bon Dieu, dit un chef de bataillon de la coloniale, je n'aurais jamais cru ces bougres du 2e choc aussi cultivés. »

J'ai décrit la prise de Karlsruhe parce qu'il arrive au vent, à Tanger, d'aspirer en hautes colonnes le sable des plages et la poussière des souks, comme montait la lumière blanche dans la capitale morte du grand-duc de Bade. Et aussi parce que le lieutenant Meyer-Meyer y participait et qu'il deviendra l'ami le plus fidèle de Dehousse. Tout de suite, il va jouer un rôle dans le futur partage de l'Allemagne en donnant au général de Lattre de Tassigny quelques heures de marge pour développer son dispositif.

Meyer-Meyer qui parlait quatre ou cinq langues et pouvait exciper au moins de trois nationalités, était chargé, à l'échelon de la division, d'assurer les liaisons avec le 6e corps américain. Il s'attarda sur la place couverte de verre qui reflétait la lune, en profitant d'un silence comme il s'en rencontre parfois dans le cours d'une campagne militaire. Il lui vint à l'esprit des idées étranges sur la vraie nature des êtres, des villes, des États, des civilisations et de leurs reflets. Il alla s'asseoir dans sa jeep et s'endormit. Un cauchemar le réveilla. Il bombardait la Ruhr et l'incendie le poursuivait jusqu'en haute altitude. Il regarda sa montre : Karlsruhe était pris par les Français depuis près de cinq heures. La lune était couchée et la flamme pâle des reflets sur le verre cassé avait disparu. L'aube allait poindre. Le retard mis à prévenir les Américains lui parut suffisant. Il appela son collègue qui jura. Ces bâtards de Français se croyaient tout permis ! Jamais ils n'avaient eu l'autorisation de prendre une ville de cette importance. A l'énoncé discret de l'horaire, l'officier américain jura de nouveau et promit un rapport de protestation au plus haut niveau.

Peu importait à Meyer-Meyer : entre l'armée française, qui n'avait rien, et l'armée américaine, de qui tout dépendait, du chewing-gum à la couverture aérienne en passant par l'essence et les rations, il avait très vite choisi son camp. Pour lui, minoritaire autant par vocation que par héritage, l'exercice de la supériorité évidente avait moins de charme que l'art de la fronde illustré par David contre Goliath. En favorisant les vues françaises sur l'occupation de l'Allemagne contre les super-puissances, il avait le sentiment d'exercer une forme d'humour défensif inséparable de tout humanisme.

Rien d'étonnant à ce qu'il s'entende si bien avec Dehousse qui le prendra comme chef de cabinet. Même talent de conteur faussement modeste, même art du contre-pied systématique, avec cette seule différence que Meyer-Meyer aimait parfois pousser le jeu jusqu'à la dérision et qu'il sera ainsi, involontairement, responsable de la chute de Dehousse. Ah, oui, une autre différence : Meyer-Meyer avait vraiment fait la guerre.

Il s'était engagé dans l'US Air Force à la suite d'un de ces paris contre soi-même que font souvent les êtres plus doués intellectuellement que physiquement. « Je peux le faire » était d'ailleurs l'une de ses phrases favorites. Affecté à une escadrille de bombardement stationnée en Angleterre qui chaque nuit attaquait la Ruhr, tout en reniflant son perpétuel rhume de cerveau il avait découvert rapidement l'enfer de la peur statistique. Compte tenu de l'objectif, de l'heure de l'opération, de la météo et de l'altitude fixée pour le bombardement, connaissant les ressources allemandes en DCA et en avions de chasse, chacun pouvait savoir, dès le briefing, combien seraient abattus et donc combien ne rentreraient pas. « C'est un soir à trente-cinq pour cent de pertes », se disaient-ils entre eux en décollant. Ou à quarante-cinq pour cent ou à cinquante pour cent.

La plupart des équipages ne résistaient pas à cette ronde de mort arithmétique sur la « vallée heureuse ». L'armée américaine avait prévu la réplique, à l'américaine. Des médecins psychiatres étaient affectés aux unités de bombardement pour écouter les plaintes des navigants. C'était à qui raconterait de façon la plus dramatique ses angoisses et ses insomnies. Mais les ordres, bien sûr, étaient d'écouter, de noter, et de renvoyer bombarder. Les plus expérimentés, parce que les plus anciens, craquaient le plus durement : la peur statistique faisait en effet que plus on avait de vols à son actif, moins on avait de chances d'en revenir vivant.

Meyer-Meyer se montra plus rusé. Au lieu de tempêter pour être reçu en priorité par le médecin psychiatre, il fit exactement le contraire. Son nom comme celui de tous les membres du personnel navigant était porté sur la liste de la visite mensuelle. Volontairement il passa son tour. A la troisième fois, un scribe découvrit l'anomalie, et ce fut le major qui convoqua d'autorité l'oiseau rare.

Dans le cabinet du psychiatre, Meyer-Meyer affecta un sang-froid et une désinvolture tels que le praticien se jeta sur son crayon et son calepin pour prendre des notes. C'était un brave homme rond et appliqué, avec une chevelure en couronne de violoniste virtuose et des grosses lunettes bifocales.

— Dites-moi, lieutenant, vous n'en avez pas assez de cet épouvantable métier que vous faites ?

— Pardon, major, avez-vous bien dit « épouvantable » ? J'ai toujours détesté les excès verbaux. Et Meyer-Meyer baissa modestement les paupières sur ses yeux bleus limpides.

— Hum... Hum... Lieutenant, quelle sensation éprouvez-vous lors des bombardements sur la Ruhr ? N'hésitez pas : parlez franchement.

— Le mot « sensation » n'est-il pas, oserais-je dire, un peu trop sensationnel ?

Et Meyer-Meyer donna distraitement un coup de peigne à sa chevelure rousse et rebelle.

— Bon Dieu, lieutenant, ne cherchez pas à m'énerver...

Meyer-Meyer retourna sa main droite, paume en l'air, plia les doigts, examina ses ongles et murmura : « Ts, ts. »

— Je ne perds pas facilement le contrôle de moi-même, dit le major.

Il perdit seulement son crayon qui roula sous le lit de camp servant de canapé. En se penchant pour le chercher, ses lunettes tombèrent et un verre se cassa. Le médecin major, peut-être parce qu'il n'avait plus qu'un verre à ses lunettes, eut d'un coup l'air immensément triste. Il dit à voix basse :

— Entre nous, mon vieux, à titre amical, vous n'avez jamais peur ?

— Non.

— Non ? Ni pendant ni avant ni après ?

— Non.

— Seigneur, dit le major. Pouvez-vous, lieutenant, me prêter un crayon, ou un stylo, quelque chose pour écrire ?

Meyer-Meyer, avec un charmant sourire, lui tendit un Waterman à plume d'or.

— Si nous sommes dans les sentiments, ajouta-t-il, alors je dois reconnaître qu'il m'arrive parfois d'éprouver du plaisir.

— Plaisir ? dit le major en notant. Plaisir ?

— L'idée, quand je bombarde, de ces incendies immenses qui vont éclater sur un simple geste de ma part et dévorer les villes et leurs habitants. Le feu, j'ai toujours adoré le feu. Enfant, je me souviens...

Et Meyer-Meyer laissa un autre sourire errer sur ses lèvres.

— Évacuation, grommelait le major en notant toujours. Évacuation d'urgence. Traumatisme profond avec résurgence prépubertaire...

Meyer-Meyer était déjà sorti préparer son paquetage. Ou plutôt le boucler : il était prêt. On pouvait lui reprocher une certaine suffisance intellectuelle.

Quand Dehousse apprit cette histoire des mois plus tard à Baden-Baden, il voulut tout de suite s'en attacher l'auteur. Ce fut d'autant plus facile que les unités régulières ne cherchaient qu'à se débarrasser de Meyer-Meyer et que celui-ci, qui se trouvait laid, dès qu'il vit Dehousse fut séduit par son élégance un peu dégingandée. Je reproduis le plus fidèlement possible leur premier dialogue. On est entre artistes.

— Dites-moi, lieutenant, quelle est exactement votre spécialité ?

— La mousse au chocolat, mon colonel.

Après son évacuation sanitaire Meyer-Meyer avait répété aux États-Unis, devant les plus étoilées des autorités psychiatriques, son numéro de bombardier heureux. Son cas avait été jugé si grave qu'il avait été envoyé d'urgence en traitement dans un palace de Floride pour y subir une cure de *réimprégnation culturelle.* Peinture italienne du Trecento, broderie copte, poterie artisanale, sonnets de Shakespeare et cuisine française, spécialité entremets.

Dehousse ne se démonte pas et sérieux comme un état-major :

— Votre mousse au chocolat, vous la concevez plutôt lisse ou plutôt granuleuse, lieutenant ?

— Les deux, mon colonel (un temps). C'est l'alliance contradictoire de l'onctueux et du râpeux qui fait la vertu d'une mousse de qualité.

— Comme celle de l'amer et du sucré.

— Comme celle de l'amer et du sucré, approuve Meyer-Meyer en se mettant au garde-à-vous.

— Repos, lieutenant. Vous êtes fait pour l'action psychologique en territoire occupé. Voulez-vous prendre la tête de mon cabinet ?

Mais l'occupation française en Allemagne n'a pas encore commencé, la guerre n'est pas encore finie, Dehousse est toujours à Paris. Les services de l'Armée française sont au travail rue Saint-Dominique et dans quelques officines annexes pour préparer la revanche historique sur la défaite de juin 40. Ils ont composé un document qui est remis à tout soldat français franchissant la frontière. Je l'ai encore, ce texte jauni et chiffonné d'avoir été si longtemps conservé. Plus de quarante ans...

« SOLDAT FRANÇAIS,

MÉFIE-TOI :

- de l'Allemand qui se prétend ton ami.
- Tout Allemand de tout âge et de tout sexe

est un ennemi auquel tous les moyens sont bons.

• L'enfant, la femme, le vieillard qui implorent ta pitié sont les agents des nazis.

• Les antifascistes incarcérés dans les prisons sont les cadres du Parti camouflés et mis à l'abri pour la revanche.

• L'Allemand a organisé la revanche depuis de longs mois.

• Méfie-toi du terrain où tu mets le pied,
• de l'eau que tu bois,
• de la femme qui te sourit.

Etc...

• Que ta Haine et ta Supériorité de Vainqueur ressortent de ton attitude. Mais pas d'excès ni de violences, le pillage et le viol sont des fautes militaires graves. »

Un soir, le civil coiffé en brosse qui a donné un bureau à Albert lui demande :

— Cher ami, j'ai là un document qui va être largement diffusé dans l'armée française pour préparer nos troupes à leur difficile tâche d'occupation de l'Allemagne. Vous qui avez du bon sens et êtes un esprit libre, pouvez-vous le lire et me donner votre avis ?

Albert lit. Il ne sait pas encore que ce texte fera plus tard la joie de Meyer-Meyer qui le citera en toutes circonstances pour le tourner en ridicule. Il en tirera une formule « en formation HSV » (pour Haine et Supériorité de Vainqueur) qu'il lancera pour entrer dans une pâtisserie ou saluer un jupon plaisant. Et aussi une loi, dite loi de Meyer-Meyer : « Toute armée privée de carburant s'arrête ; de majuscules se débande. » Les grands soirs, il omettait le pronom réfléchi.

Albert trouve le texte aussi pompeux que provocant. Il va dire : c'est idiot. Puis un soupçon l'effleure. Son interlocuteur qui l'a si aimablement recruté, n'en serait-il pas l'auteur ? Il dit seulement :

— Peut-être un peu long. On pourrait simplifier.

— On ne peut plus, monsieur Dehousse. L'armée française en a déjà tiré trois cent mille exemplaires. Vous connaissez les budgétaires : ils préféreront faire un nouveau tirage de deux cent mille plutôt que reconnaître que le premier n'était pas bon. Je crois, en tenant compte de votre avis, qu'il faudra seulement préparer une autre directive, plus courte, technique, et la diffuser sous la responsabilité du général de Lattre de Tassigny après la proclamation de la victoire : merci de votre aide.

Un temps.

— Vous êtes très discret, monsieur Dehousse. Et vous n'avez pas peur d'exprimer votre opinion.

Albert incline modestement la tête.

C'est clair, c'était bien l'auteur, pense-t-il. Tant pis. Les dégâts ont été limités. Et puis, après tout, on ne fait pas une carrière de héros sans prendre quelques risques.

Au moment où Dehousse sort du bureau de l'École militaire, les journaux du soir annoncent la prise de Karlsruhe, première grande victoire française de l'autre côté du Rhin.

A Lambersart, Yvette pour la dixième fois remplit un formulaire du service des recherches dans l'intérêt des familles. La mairie, assistée d'un notaire, l'a relancée. La succession de Mme Dehousse, en l'absence de son fils, ne peut être liquidée, ce qui gêne les projets municipaux sur la vieille maison et son bout de jardin.

8

SERVANE

Après une période de nuits très froides, le printemps explosa en Forêt-Noire. Les sources crevaient la glace, les bourgeons perçaient l'écorce, des tapis de fleurs bleu pâle trouaient la mousse des sous-bois. Les immenses futaies de résineux bruissaient de cris d'oiseaux. Des rais de soleil y jouaient, éclairant la pénombre d'arcs-en-ciel mouillés.

Les forêts du grand Reich mourant étaient plus peuplées de spectres que la lande d'Écosse dans une pièce de Shakespeare. Quelques groupes de SS isolés tentaient d'y établir les dernières lignes du fameux « réduit bavarois » annoncé par les stratèges de Berlin. Parfois, au hasard d'une clairière ils rencontraient un autre groupe perdu, claquaient des talons, saluaient à l'hitlérienne, annonçaient les noms prestigieux des unités auxquelles ils avaient appartenu, Leibstandarte, Gross Deutschland... Puis ils reconstituaient entre eux, pour un soir, une autre unité fantôme qu'ils appelaient d'un nom wagnérien avant de disparaître dans la nuit.

Dans la pénombre des hauts sapins il leur

arrivait de croiser un parti de cosaques de Vlassov, aux figures blafardes de faim et de fatigue, tirant silencieusement leurs chevaux par la bride et la carabine tournée vers le sol. C'étaient les débris de l'armée russe pro-allemande qui avaient fui le front de l'Est ou avaient été chassés de France. Ils survivaient de baies et de rapines, ne marchant que la nuit, haïssant l'humanité d'avoir été jugés traîtres par l'Histoire.

Souvent les cosaques de Vlassov qui ne pouvaient plus supporter l'image de leur fin se tuaient entre eux.

Des millions de civils venant de l'Est avaient fui aussi devant les armées soviétiques. Ils venaient du fond de la Bukovine, de la Volhynie, de la Courlande, dans leurs longs chariots triangulaires tirés par des chevaux aux paturons hirsutes. Des femmes en fichus bariolés et jupes longues serraient contre elles des enfants emmitouflés aux yeux tristes. Dans l'ombre des bois, dans les ruines des cités, leurs convois avançaient comme des silhouettes de cauchemar en grinçant de toutes leurs hautes roues cerclées de fer. Des gamins et des vieillards conduisaient les attelages où parfois une vache remplaçait un cheval. En Saxe et en Thuringe ils étaient ainsi plusieurs millions à espérer l'asile des forces américaines. Mais les soldats américains avaient ordre de les refouler et de laisser le terrain libre à l'armée Rouge. Alors les lourds convois paysans s'arrêtaient dans les décombres d'une ville dont ils ne savaient pas le nom et attendaient la mort. Les troupes soviétiques de choc dégageaient le passage au lance-flammes puis les unités à pied fusillaient les survivants.

Les ordres de Himmler avaient été d'évacuer les camps de concentration vers l'ouest. Sous la conduite de SS, des déportés squelettiques en pyjama rayé marchaient hagards sans savoir s'ils allaient vers leur libération ou leur exécution. Parfois les SS les tuaient, parfois ils les abandonnaient au détour d'un chemin pour chercher à fuir eux-mêmes. Certains se couchaient alors dans les bas-fossés et mouraient d'épuisement en se couvrant le visage de la main pour ne plus voir ce monde d'horreur folle.

Les dignitaires nazis et les collaborateurs de tous pays, de la Norvège à la Croatie, cherchaient à tâtons une voie d'issue vers la Suisse ou l'Italie du Nord. Mais chaque jour, l'espace se refermait entre les troupes alliées. Les cheminots allemands arrivaient encore à faire circuler des trains qui tournaient en rond entre un pont détruit et une voie abandonnée. Les notables de la collaboration prenaient ces trains qui roulaient ivres morts jusqu'à s'arrêter faute de combustible dans des gares incertaines. Alors chacun tentait de fuir à pied.

Les miliciens français enterraient leurs uniformes et leurs grands bérets pour essayer de se faire passer pour des déportés du travail ou des prisonniers évadés. D'autres au contraire, après avoir revêtu l'uniforme allemand, montaient sur Berlin livrer une dernière bataille « pour l'honneur », dans les ruines de la capitale autour de la chancellerie de Hitler.

Libérés des camps, des Tziganes stérilisés par les services médicaux nazis mendiaient des cigarettes aux premiers soldats alliés rencontrés, avec des mots anglais qu'ils venaient d'inventer.

Je crois me souvenir qu'Albert Dehousse, à cette période, assistait à Paris au procès du général Dentz, ancien haut-commissaire français en Syrie, qui fut condamné à mort. Dehousse aimait l'atmosphère de ces procès historiques où chaque accusé, et chaque témoin, quand ils se levaient faisaient se lever avec eux le cortège des gloires, des malheurs et des destins exceptionnels. Il s'arrangeait aussi, comme je l'ai dit, pour s'asseoir dans le public à côté d'une personnalité illustre de la Résistance et conforter sa propre image de héros.

La veille, il avait longuement fait la queue dans une épicerie du 19e arrondissement pour toucher l'allocation exceptionnelle (ticket DE) de 250 grammes de pâtes et un litre de vin. Il échangea le litre de vin contre 200 grammes de sucre chez un cordonnier, en pensant à Lambersart où Mme Dehousse mère procédait au même échange mais chez le libraire. Puis il se rendit à la gare de l'Est où arrivait un train de prisonniers libérés. Les personnalités étaient au Bourget pour le retour du premier groupe de déportés de Buchenwald. Pour ne pas perdre sa journée, il s'arrêta dans une autre épicerie et toucha les 40 grammes de fromage et les 100 grammes de margarine auxquels il avait encore droit (ticket GG). Il rentra ensuite chez lui dépouiller la presse. Il le faisait désormais non seulement pour nourrir son personnage en petits faits concrets mais aussi à la demande d'un compagnon de la Libération qui l'avait pris en amitié.

Depuis quelque temps des dissensions éclataient dans la Résistance. Le rôle de certains agents était mis en cause. Des officiers FFI avaient été condamnés pour exécutions abusives. Un journaliste français violemment antigaulliste, qui avait passé toute la guerre aux États-Unis, s'était fait une spécialité du récit des intrigues pas toujours glorieuses de Londres et d'Alger. Albert lisait les journaux pour signaler les attaques qui pourraient donner lieu à des droits de réponse. On lui savait gré de cette activité bénévole et hautement morale. Il en avait profité pour se faire imprimer un papier à en-tête : « Espoir et Fidélité — Comité national — Le Secrétaire. » « Très bien, votre papier à en-tête, mais pourquoi pas secrétaire général ? » lui avaient demandé ses nouveaux amis. « Je n'ai pas l'ancienneté », avait répondu Albert en souriant.

Sacré Dehousse. Un chic type. Si dévoué.

Il avait refusé le moindre traitement. « La cause suffit », avait-il dit noblement. Résultat : il mourait quasiment de faim et ne survivait qu'en vendant la moitié de ses rations officielles pour payer l'autre. Il devenait lui aussi une ombre. Cela rendait sa figure plus intéressante.

En faisant mouvement sur Freudenstadt la compagnie du capitaine G. était tombée en pleine forêt dans une embuscade.

Le soleil était déjà haut quand les soldats français s'engagèrent dans la petite route en terre qui montait vers le « point de vue » indiqué sur les cartes touristiques par une étoile. Il s'appelait, nom pour gravure du siècle passé, « La halte du chasseur amoureux ». De grands sapins croisaient leurs branches en voûte d'église au-dessus du chemin. Des ruisseaux couraient dans les fossés. Reconnaissance, avaient dit les ordres. Le convoi de jeeps et de blindés légers s'étirait paresseusement comme pour un pique-nique champêtre. Des hommes chemises ouvertes chantonnaient. La section de tête de la compagnie était formée de jeunes recrues parisiennes et d'un contingent de FTP du Sud-Ouest intégrés dans la 1re armée française. Le lieutenant Ramirez-Duran qui avait servi dans les rangs anarchistes du POUM catalan lors de la guerre civile espagnole, fut tué le premier. Un groupe de la Hitler Jugend, dont le plus âgé devait avoir dix-sept ans, attaquait de front au Panzerfaust à moins de vingt mètres. Les autres sections de la compagnie française coururent en renfort et tombèrent dans le piège. Des deux côtés de la forêt, un détachement de la Waffen SS qui avait décidé de s'offrir un dernier combat bloqua le chemin comme à l'exercice. A rejoindre le régiment, il y eut peut-être une vingtaine de rescapés français seulement. Le capitaine G. avait survécu, non pas qu'il manquât de courage mais parce qu'il était, au moment de l'embuscade, en queue de colonne. Son excès de zèle, disaient ses collègues qui ne l'aimaient pas, compensait un ralliement trop tardif à la Résistance. Mais cette fois, une juste haine l'enflammait. « Tous des nazis », criait-il. « Il faudrait quand même venger Oradour », répondit l'un des hommes.

En lisière du bois, une ferme dont la cheminée fumait doucement fut la première habitation qu'ils rencontrèrent. Des prés parsemés de primevères l'entouraient. Un coq chantait. Des bâtiments, toits à grande pente, colombages, petits volets clairs à l'ouverture en forme de cœur, ressemblaient à un jouet cossu. Le capitaine, escorté des survivants de sa compagnie, cria : « Ceux-là, on se les fait » et enfonça la porte d'un coup de pied.

A table, une femme aux cheveux gris en chignon et grand tablier blanc servait la soupe à un homme d'âge moyen au teint rougeaud qui avait gardé sur la tête une étrange casquette de marinier.

Un berger allemand était allongé à ses pieds. L'homme trempait un peu de pain noir dans la soupe et le jetait au chien qui le happait. « Schnell ! Raus ! » cria le capitaine en agitant son pistolet. La femme se mit devant l'homme pour le protéger mais il la repoussa. Il trempa un autre morceau et le jeta au chien. Puis il regarda les soldats qui avaient pénétré dans la pièce et dit lentement :

— Alors, on ne peut pas causer français comme tout le monde ?

G. eut un regard pour la femme qui tremblait, pour le Français à la casquette et cria encore :

— Nazi ! collabo ! On va te descendre avec ta gretchen. Et on foutra le feu à ta ferme ! Tu vas payer pour les autres.

— Pas nous, p'tit père, dit le rougeaud à la casquette de marinier. Nous, on est aussi des victimes. Branchard, Auguste. Stalag 293-26-B. Landwirtschaft sonder Kommando. Quand j'étais éclusier sur le canal de Briare, j'avais seulement un potager.

— On vous exécute tous les deux pour trahison.

Branchard se leva. Il était nettement plus petit que G., mais deux fois aussi large. Il lui mit un doigt sur la poitrine et dit :

— Il y a trop de témoins pour que tu puisses tuer comme ça un prisonnier de guerre français en situation régulière. Et les sentiments, ça ne te regarde pas. Dehors.

Puis il mit sa main sur l'épaule de l'Allemande. Dans le poulailler voisin, le coq chanta de nouveau.

— On n'a rien à faire avec ces ordures, dit G. à ses hommes.

Il sortit le dernier après avoir tué le chien d'une balle dans la tête.

A quelques kilomètres de Freudenstadt ils firent leur jonction avec les thabors et un bataillon de tirailleurs. Pendant la campagne d'Alsace et la défense de Strasbourg le bataillon avait recruté sur place des jeunes Alsaciens de dix-huit ans à qui, pendant quatre ans, il avait été interdit de parler français. Les tirailleurs noirs leur réapprenaient la langue en corrigeant leurs fautes avec de grands rires. « Pas *la* soleil, disaient-ils en montrant leurs dents. *Le* soleil. Où tu as été élevé, toi ? Maintenant viens, on va venger Oradour. »

Ce qui s'est passé ensuite, tout le monde me l'a raconté. Servane à l'époque était chauffeur de jeep dans l'armée. Quelques jours avant, son colonel ayant été blessé, elle avait été affectée à un commandant d'intendance qui voulait à tout prix voir le feu. Il vit le feu. Freudenstadt flambait.

Comme beaucoup de petites villes allemandes à la limite de la Forêt-Noire et de la Schwabischealp, elle avait été moins touchée par les bombardements. Autour du Rathaus et du Dom les maisons du XVIe siècle étaient intactes. Les troupes allemandes avaient disparu. Tous les habitants avaient mis aux fenêtres des serviettes et des draps blancs en signe de reddition, ce qui donnait à la ville l'air d'être pavoisée.

Pendant que des soldats mettaient le feu, d'autres éventraient les magasins et chargeaient leurs camions de tout ce qui leur tombait sous la main, charcuterie, chaussures, sous-vêtements féminins. Quand leurs camions furent pleins, ils entrèrent dans les maisons qui n'étaient pas encore en flammes et distribuèrent gentiment les vivres et les vêtements aux enfants allemands.

Dans une vieille maison aux parquets cirés et aux fauteuils garnis d'appuie-tête en dentelle, le capitaine G. remarqua, posées sur le piano, les photos de deux officiers des Waffen SS dans des cadres décorés du ruban de la croix de fer. Au moment où il sortait, un coup de feu, parti on ne sait d'où, tua l'un de ses hommes juste à côté de lui. Il crut que c'était l'embuscade meurtrière de la matinée qui recommençait, fit mettre deux fusils-mitrailleurs en batterie et rassembler contre un mur, sur une petite place, les habitants de la maison et ceux du quartier en écartant femmes et enfants. Les hommes âgés baissaient la tête. Ils avaient compris ce qui les attendait et semblaient l'admettre comme une fatalité. Un gosse, menton levé, faisait le salut hitlérien. D'autres pleuraient en appelant leurs parents. Un vieillard allemand aux cheveux blancs qui parlait un peu français réussit à dire : « Mais qu'est-ce que c'est, Oradour ? » Les craquements des incendies qui montaient de la ville couvrirent sa question. Un soldat le repoussa contre le mur.

« Ce n'est pas possible de laisser faire ce massacre, dit Servane à son passager. Commandant, intervenez pendant qu'il en est encore temps. Vous avez un galon de plus.

Le commandant d'intendance avait un galon de plus, mais n'appartenait pas à une unité combattante. Il baissa le nez.

— C'est à un officier supérieur de son régiment d'intervenir.

— Mais il n'y en a pas. Vous êtes ici le seul officier supérieur. Vous voyez bien que ce capitaine a perdu la tête ?

— Ce sont des criminels de guerre, dit G. A mon commandement, feu !

Aucun coup de feu. Les hommes couchés derrière les fusils-mitrailleurs n'osaient pas regarder les hommes qu'ils devaient abattre. Et ceux qui devaient être abattus n'osaient pas regarder ceux qui devaient les tuer.

Le capitaine G. appela deux sous-officiers par leurs noms.

— Lumand, Chaunard, prenez les places des tireurs.

Les soldats cédèrent leurs places. Les gradés hésitaient.

— Ce n'est plus possible, dit Servane à mi-voix. Si vous n'y allez pas, j'y vais. Elle descendit de voiture, lissa sa jupe kaki et traversa la rue. Les deux sous-officiers, gauchement, se mettaient en position de tir. Un silence étrange s'abattit sur la place. Même les femmes et les enfants s'étaient tus. Ceux qui devaient mourir respiraient si fort qu'on entendait leurs souffles comme la rumeur d'une mer lointaine. Chacun continuait à regarder ailleurs.

— Exécution, dit G. en agitant son pistolet. Servane s'approcha de lui et, posément, fermement, le gifla deux fois. Il laissa tomber son pistolet qu'elle rattrapa au vol. G. s'effondra, dessaoulé. Les bruits de la ville en flammes reprirent. On entendit de nouveau les pleurs et les cris.

Une jeep s'arrêta dans un dérapage contrôlé, tous pneus crissant. Un lieutenant-colonel des thabors en jaillit :

— C'est pas fini, ce bordel ? Éteignez les incendies.

Des cris l'interrompirent. Un groupe de Sénégalais conduit par un adjudant-chef amenait au colonel une grande femme en larmes vêtue de noir avec des nattes tressées en macaron des deux côtés de la tête, et quatre soldats français qui protestaient avec l'accent du Sud-Ouest :

— Alors, quoi, on peut plus se taper les gonzesses, on l'a gagnée la guerre ou pas ?

— Silence, dit le colonel.

L'adjudant-chef sénégalais précisait :

— Cas de viol comme dans le règlement, mon colonel, quatre hommes sur la dame.

— Qui est cette femme ? dit le colonel.

— La veuve du maire, dit un soldat alsacien.

Elle a appris hier soir seulement que son mari avait été tué sur le front de l'Est. Elle a eu juste le temps dans la nuit de faire teindre en noir ses vêtements. Les quatre soldats sont entrés chez elle. Elle leur a barré le chemin pour protéger sa fille qui a seize ans. Alors ils ont...

— Fusillez, dit le colonel. Attends, toi qui parles l'allemand, demande-lui si elle a eu du plaisir.

L'Alsacien traduisit. Silence. Il traduisit de nouveau.

— Oui, dit la veuve du maire. Avec le troisième.

— Libérez-les tous les quatre, avec mon pied au cul, dit le lieutenant-colonel. On m'a dit qu'il y avait ici une « mirabelle » qui avait sauvé une centaine d'hommes ?

— Là, dit un sous-lieutenant en désignant Servane qui fumait une cigarette adossée à sa jeep.

Et il lui raconta la scène. Le colonel s'approcha de Servane, salua, et dit :

— Je connais des citations qui ont été données pour beaucoup moins que ça.

C'est ainsi que Servane reçut la croix de guerre pour avoir giflé un officier français.

Si son grand-père n'avait pas été un noceur et son père une nullité, Albert aurait pu rencontrer Servane. Ils appartenaient au même monde, celui de la bourgeoisie ancienne et de la petite noblesse rurale qui se retrouve en été sur les plages pour jouer au tennis ou organiser des rallyes à bicyclette.

La seule vraie différence avec la famille

d'Albert est que, grâce à l'armée, la famille de L'Herminière ne s'était jamais coupée des grands concours de l'État, des fonctions, des rangs, au lieu de tomber dans cette sorte d'exil intérieur qu'avaient connu les Dehousse.

Dès qu'Albert, arrivé à Baden-Baden, entendra raconter l'histoire de la gifle et de la croix de guerre de Servane, il souhaitera la connaître. Il ne l'a pas encore vue, il ne sait pas qu'elle a un quart de sang asiatique qui lui tire les pommettes sur les côtés et lui allonge un regard de chat jaune, il ne se doute pas qu'elle va lui faire découvrir un plaisir des sens pour lui totalement surprenant et qu'ils vont ensemble « planter le clou d'or » ; encore moins qu'il va dans quelques mois l'épouser en grande pompe avec le général commandant en chef pour témoin... Non : Servane est pour Albert seulement une rebelle qui a refusé son rôle de jeune fille de bonne famille. Elle a dit non avec éclat à ce qu'il cherche lui, si difficilement, si laborieusement : retrouver une position, un état, des certitudes. Qui se souvient du confort que pouvait apporter un monde classé et étiqueté comme il l'était encore avant 1940, du temps de nos parents.

La politique simplifiait. Pour les républicains, les autres étaient des fascistes. Pour les non-républicains, les autres étaient des pourris. Mais pour tous l'armée française était invincible. Cela ne se discutait pas. Les femmes étaient habillées en femmes, avec des bas, des gants, des chapeaux, et ne fumaient pas dans la rue. Les mauvais garçons avaient le langage et le costume de mauvais garçons. Le Bien et le Mal existaient, l'Église enseignait la différence, dénonçait le péché, puis le pardonnait. L'administration de l'Éducation nationale récompensait les bons élèves par des distributions de prix. A la campagne, on appelait les instituteurs « le maître ». Les prêtres étaient en soutane. Victor Margueritte avait été radié de l'ordre de la Légion d'honneur pour avoir écrit *La Garçonne*. Un tiers des Français étaient agriculteurs. Servane racontait la leçon qu'avait reçue son père, le général de L'Herminière, en tournée chez l'un de ses fermiers. Sol en terre battue, cuisine dans l'âtre, pas d'électricité. Et le fermier ancien combattant de 14-18, grand mutilé, avec un béret et une moustache à la gauloise, avait dit : « Vous n'allez pas partir sans boire quelque chose, c'est la tradition. » Le général avait répondu : « Oui, c'est une excellente tradition. » Le vieux paysan s'était retourné comme piqué par un taon et avait frappé la bouteille de gnole sur la table : « Non. Si vous ajoutez un adjectif à tradition, bon ou mauvais, c'est qu'elle n'est pas la tradition. Vous la tuez. Pas d'adjectif, s'il vous plaît. C'est la tradition. »

Vers la mi-juin 1940, Servane se retrouva dans le manoir paternel entre Dol-de-Bretagne et Pontorson. Il y avait les cousins de Paris qui avaient fui la capitale, les parents de Normandie, un oncle ministre plénipotentiaire. Le général de L'Herminière pleura en entendant la demande d'armistice : il avait été si sûr que Weygand, qui était un cavalier, sauverait la France. Quand un neveu qui avait vingt ans mentionna la possibilité de prendre un bateau de pêche pour rejoindre en Angleterre les Français qui continuaient à se battre, l'oncle déclara, péremptoire : « Ceux qui vont rejoindre M. de Gaulle en Angleterre sont ceux qui ont raté leur baccalauréat. » On ne se relevait pas d'une telle condamnation sociale. Le neveu resta. Servane, elle, dès ce jour ne pensa qu'à partir.

Tout cela, je le sais par elle, qui me le raconta par bribes et morceaux sans avoir l'air d'y toucher.

Le général fut tué début 43 dans le bombardement de Saint-Nazaire qui visait la base sous-marine et ne rata pas les beaux quartiers où il était en visite chez un notaire. Le lendemain des obsèques, Servane embrassa sa jument sur les naseaux, laissa par écrit des directives aux fermiers et prit le train pour Biarritz avec pour tout bagage un sac de voyage en cuir. Dedans, elle avait une lettre de recommandation pour un lointain cousin sous-préfet et son permis de conduire, passé à la demande de son père qui avait gardé de l'armée le souci correspondant à son grade de ne pas toucher lui-même un volant.

Le sous-préfet impressionné par cette jeune fille en noir lui proposa une aventure. Elle déclina en riant de bon cœur. Finalement, ne sachant qu'en faire, il lui fit passer la frontière espagnole. Un mois après, Servane était à Alger et s'engageait. La vicomtesse de Mirabeau-Langogne venait d'organiser un corps d'auxiliaires féminines qui n'avaient pas de goût pour les fonctions de secrétaires ou d'infirmières, et qu'on appelait les « mirabelles ». Le grand chic, pour un officier supérieur, était d'avoir l'une d'entre elles comme chauffeur de sa jeep. Elles conduisaient mieux que les hommes et buvaient moins. Leur vie sentimentale, et plus encore leur absence de vie sentimentale, donnait lieu à de vastes légendes.

J'ai oublié de dire que lors d'un séjour militaire en Indochine, le général de L'Herminière avait épousé une femme indigène et très belle. Malgré les recommandations des supérieurs, c'est une aventure qui arrivait souvent aux jeunes lieutenants débarqués d'Europe. Les réactions familiales au retour furent ce qu'on peut imaginer : assez proches de l'attitude de Mme Dehousse mère à l'égard du mariage de son fils. Mais dans le cas de L'Herminière, il y avait vraiment paternité : Servane. Chacun s'accorda pour dire que la mère était une princesse laotienne, tant le snobisme est le seul sentiment capable de combattre efficacement le racisme. Est-ce que Servane elle-même en souffrit ? Sûrement. Elle ne pouvait pas ne pas entendre certains commentaires apitoyés ou hostiles et prit des distances avec la société. Albert lui plut dès qu'elle eut compris que son personnage n'était qu'un mensonge.

Le 11 mai, Dehousse a une défaillance. Il va toujours à son bureau où il continue à se rendre utile dans la défense morale des résistants, mais il n'a pratiquement rien mangé depuis les petits fours de l'avant-veille à une réception pour la victoire.

La concierge, impressionnée par l'en-tête de la convocation (elle avait cru d'abord qu'Albert allait être arrêté comme milicien ou faux policier) lui a fait une avance pour payer son loyer. En mentionnant qu'il gagnerait du temps en déjeunant sur place, Albert obtint sans aucune difficulté une carte d'accès à la cantine de l'École militaire qui va le sauver en lui assurant un repas par jour. Elle sera aussi, trois jours après la fin des hostilités, le premier document officiel de sa nouvelle identité.

Dans quelques mois, quand il devra faire établir son ordre de mission pour passer la frontière à Strasbourg, il montrera sa carte de cantine aux bureaux en plaisantant : « Existent-ils papiers plus sérieux qu'un engagement de l'intendance ? Excusez-moi, je n'en ai pas d'autres sur moi. » On rira avec lui. Efficacité du style Dehousse.

9

BAL COSTUMÉ À BADEN-BADEN

L'ÉTÉ 1945 resplendit sur l'Allemagne dévastée. Dans les vergers, les arbres fruitiers croulent sous les prunes et les poires trop mûres que personne ne viendra cueillir. Au-dessus des tourelles néogothiques des burgs qui couronnent les longues collines boisées de la Souabe et du Wurtemberg flottent des drapeaux tricolores. Le lac de Constance, immobile au soleil, reflète l'image du grand vapeur blanc qui est devenu le yacht personnel du commandant en chef français.

Défilés, fêtes et prises d'armes se succèdent. Un arrêté oblige les civils allemands à saluer les voitures de généraux français, voitures qu'ils sont censés reconnaître « parce qu'elles sont plus grosses ». On épure, on réquisitionne, on récupère. A Reutlingen, bavure, des otages pris au hasard sont fusillés. Un artiste en mobilier propose de créer le style « zone d'occupation » qui restera comme le Louis XIII, le Louis XV ou le Directoire et marquera le génie français. Des années plus tard, ces meubles bizarres et épais encombreront encore les bureaux des sous-chefs de service à Baden-

Baden. Des illuminés aux noms prestigieux, descendants d'émigrés français de Coblence restés sur place depuis la Révolution, proposent leurs services pour réunifier l'empire de Charlemagne au profit de la France et au leur. Quelques nazis sont exécutés, d'autres s'échappent en se déclarant citoyens suisses après avoir fait effacer leurs tatouages. Les civils sortent des caves, les enfants reviennent des forêts où ils se sont cachés par peur des « Français libres » et des troupes africaines.

Dans un village près de Tübingen, la population est allée chercher, pour accueillir les barbares redoutés, un professeur émérite de langues et civilisations romanes. Malheureusement, sa spécialité n'est pas le français mais le haut provençal du XIIe siècle. Le latin lui paraît plus universel. Un petit bouquet tricolore de fleurs des champs à la main, il adresse donc au sous-officier soudanais qui commande le détachement un discours de bienvenue en latin. « Amen », répond avec naturel l'adjudant-chef qui est catholique.

Les autorités françaises décident de « blanchir » (c'est le terme officiel) les unités qui occupent l'Allemagne en renvoyant la plupart des coloniaux. D'ailleurs en Indochine la guerre n'est pas finie : elle commence. Pour le grand défilé historique du 14 Juillet de la victoire, les troupes françaises d'occupation manqueront de conducteurs de chars et devront discrètement faire appel à des anciens de la Wehrmacht. En même temps, il faut rapatrier les prisonniers et travailleurs français (il y en a près de trois millions en Allemagne), trier les Russes, les Polonais, les Ruthènes, arrêter les miliciens, changer les manuels scolaires, créer une administration qui « apprendra la démocratie aux populations ».

Partout trop de morts et de souvenirs de morts. Plus rien n'existe, ni famille, ni ordre social, ni état civil. Des milliers d'Allemands se déclarent médecins en pensant qu'ils pourront bénéficier des privilèges reconnus au corps médical. D'autres au contraire cachent leurs titres par crainte de sanctions à l'égard des dignitaires du régime. D'autres en inventent. La police française, rien que dans la zone, recensera trois cent quatre-vingt-deux cas de faux princes, sans compter comtes et barons, tant l'occasion paraît bonne dans le chaos général pour changer d'état, de classe, de passé. Ce royaume de théâtre au goût de cendres et à la gloire incertaine était bien celui qui convenait à Dehousse.

Parfois, les bavures dépassent le cas individuel et le scandale franchit la frontière.

La famille royale anglaise, parente du grand-duc de Bade, s'inquiète du sort de son cousin qui n'a jamais été nazi. Un télégramme diplomatique souhaitant « prendre des nouvelles de Son Altesse Sérénissime », en abrégé S.A.S., arrive tronqué au poste de gendarmerie français du village où se trouve le château de la famille grand-ducale. Le texte final que lisent les gendarmes est : « Prendre SS von Baden. »

— On y va, chef ?

— Chef, on y va.

Ils arrêtent le grand-duc et ne sachant où le garder l'enferment dans sa porcherie. L'explication avec Sa Gracieuse Majesté britannique sera délicate.

Six, exactement six services secrets militaires français, sans compter quelques civils occultes, agissent dans le désordre et la jalousie. Le directeur de la Sécurité, qui a fait personnellement main basse sur une usine entière de chaussures, doit repasser la frontière rapidement.

Albert Dehousse est convoqué au ministère rue Saint-Dominique à Paris. Depuis quelques jours, parce que sa vue n'est pas très bonne et que cela lui donne un air sérieux, il porte des lunettes.

Il s'agit en fait d'une réunion au cabinet du ministre. Albert serre des mains. Celui qui a l'air du patron, annonce :

— Le général de Lattre va être rappelé en France. Le général Koenig sera son successeur. (Silence.) Il veut auprès de lui, pour contrôler l'ensemble des services de renseignement et d'action psychologique, quelqu'un de sûr, de moralement incontesté. (Silence.) Ce sera vous, monsieur Dehousse. (Silence.) Nous n'avons pas besoin de vous décrire les rivalités et les luttes de clans que vous aurez à affronter. Mais justement : vous êtes le seul, monsieur Dehousse, le seul nettement en dehors de tous les clans. C'est pourquoi votre nom a été retenu par le commandant en chef.

Il est vrai qu'il est en dehors de tous les clans, Albert ! Puisqu'il n'a jamais participé à rien... Au fond, il vaut mieux inventer sa vie. C'est plus sûr. Il aurait fait quelque chose, cela se retournerait contre lui.

— Oui, dit Albert. J'ai quelques affaires privées à régler. Vous me laissez huit jours ?

Tout le monde s'incline. Quelqu'un demande :

— Une question, mais qui n'est pas essentielle. Quel âge avez-vous, monsieur Dehousse ?

— Plusieurs, dit Albert.

Rires amicaux. On est entre pairs. Des huissiers apportent le champagne. La réponse, c'est le fameux style Dehousse, humour, esquive, allusion, que tant essaieront de copier.

Une avance sur solde lui permet de s'habiller décemment. Désormais il est en uniforme, comme tout agent français en Allemagne, les Allemands ne respectant que l'uniforme d'après les services psychologiques français. La tenue lui va bien, redresse ou affermit ce qu'il aurait pu avoir naturellement d'un peu mou. Sur les épaules, les cinq galons réglementaires équivalant aux responsabilités qui sont les siennes.

Tout est fixé par le règlement et payé sur les « frais d'occupation ». Une énorme administration gère un barème qui est à la fois celui des honneurs et des privilèges. Albert a droit à une villa de fonction avec vue sur la forêt *et* la rivière. (Un sous-chef de service n'aurait droit qu'à l'une des deux options.)

Il a droit aussi à quatre domestiques allemands permanents. Le conseiller diplomatique en a exigé un de plus. Le commandant en chef a droit statutairement à soixante-huit domestiques, c'est le maximum, et trois résidences officielles. Les aumôniers militaires des religions reconnues, catholique, protestante et israélite, à deux, le minimum. Voitures et chauffeurs ne sont pas limités. Chacun récupère dans les garages privés allemands ce qu'il trouve à son goût. Chez ces messieurs des Services, la littérature en vogue de Peter Cheyney entraîne la passion des décapotables avec une préférence pour les anglaises de collection, Jaguar ou Aston-Martin. Au grade de capitaine, la Mercedes est acceptée.

Albert ne se laisse pas impressionner par ce train de vie de potentat qui vient de lui échoir. Sa famille, autrefois, a eu du personnel domestique. Alors que la plupart des Français n'arrêtent pas de protester, de demander davantage, d'encombrer les cabinets de récriminations, sa villa est bien tenue et il ne parle jamais de problème matériel. C'est si rare à Baden qu'on lui en sait gré.

Il va vite avoir l'occasion de faire apprécier aussi sa finesse et son jugement. Comme l'avait remarqué innocemment le civil de l'École militaire, Albert a le chic pour subodorer les agents douteux... Une spécialité, pourrait-on dire. Moins d'un mois après son installation à Baden, Dehousse démasque un groupe d'anciens nazis qui dénonçaient aux services français comme nazis les Allemands qui avaient été d'authentiques opposants à Hitler... Pour eux, ils devaient être châtiés. Le piquant est qu'ils faisaient effectuer le travail par la prévôté française... Dehousse s'était aperçu que le responsable du service était paresseux, vaniteux et laissait les Allemands agir à sa place. Il proposa sa mutation en douceur à l'Action culturelle. Mais surtout, les Allemands dénonciateurs « en faisaient trop ». Erreur de ton. Albert ne commettait jamais de faute de ton. Après avoir réglé directement cette affaire, Dehousse reçut un petit mot personnel de félicitation du commandant en chef. Comme on était dans un royaume, il y avait cour, et la cour le sut.

L'une des tâches principales prévues pour les forces françaises était la lutte contre la résistance armée de la population allemande à l'occupation.

Les officiels français n'avaient pas vu la ville de Freudenstadt entièrement pavoisée de draps, de serviettes et même de mouchoirs et tout ce qui pouvait être blanc flotter au vent des caves aux greniers avant d'être dévoré par le feu. Ils n'avaient pas vu les civils allemands, fantômes émergeant des ruines, happer une cigarette ou une barre de chocolat. Hitler et ses séides avaient annoncé solennellement que si les alliés essayaient d'occuper l'Allemagne, chaque Allemand se dresserait contre l'occupant et qu'un gigantesque mouvement de résistance, le Wehrwolf (quelque chose comme loup-garou), ferait du sol allemand, de la forêt allemande, de la nuit allemande, un enfer pour les soldats ennemis. Les officiels français l'avaient cru. La France avait donc organisé un vaste service anti-Wehrwolf avec le chef de bataillon Leguen à sa tête. Sorti d'un maquis breton, chouan laïque et républicain, anticlérical comme on ne peut l'être que du côté de Rostrenen, il se méfiait de tout et de chacun.

Dès qu'il ne s'agissait plus de faits mais d'idées générales il était d'une extraordinaire crédulité. Il croyait en l'ennemi héréditaire, la hiérarchie des galons, la statistique. Il était célèbre pour avoir demandé, avant d'être parachuté de nuit en France occupée, quel était le pourcentage de parachutes qui ne s'ouvraient pas. Réponse très officielle : un sur 4357. Il avait attendu alors un accident puis sauté en disant : « J'en ai 4356 devant moi. » Il était précieux ; une sorte de caution morale. Personne n'aurait jamais pu le soupçonner d'imagination ni de malhonnêteté.

Il était aussi la cible préférée de l'ironie de Meyer-Meyer. Pour ridiculiser le service anti-résistance du commandant Leguen, Meyer-Meyer avait inventé les personnages de deux Français moyens en occupation, appelés Alphone Mépris et Pierre-Paul Dignité (noms tirés des instructions sur l'attitude à tenir face aux populations allemandes) qui cherchaient partout le Wehrwolf et ne le trouvaient jamais.

— Arrêtez de faire le clown, dit Leguen. Comment les Allemands nous respecteront-ils si nous ne respectons pas nos propres idéaux ?

— Vive les Majuscules, dit Meyer-Meyer en claquant des talons et en faisant le salut hitlérien.

— Huit jours d'arrêt, dit Leguen.

Il s'énervait d'autant plus qu'en cet automne 45 il n'avait toujours pas détecté la moindre trace de Wehrwolf. Les Français démontaient les usines encore debout, déboisaient la Forêt-Noire, récupéraient les stocks. Les Allemands de la zone française avaient moins de calories que dans le reste de toute l'Allemagne. Mais ils acceptaient. Toute réaction avait été tuée en même temps que tout espoir. A chaque fois qu'un goum ou un régiment de tirailleurs quittait la zone conformément à la politique de « blanchiment » officielle, on retrouvait des

Allemandes jeunes et moins jeunes cachées sous les bardas dans les camions.

Seuls les recrutements par la Légion étrangère donnaient lieu de temps à autre à un mouvement de mauvaise humeur. Les Français accusant le militarisme allemand de tous les maux, il fallait un certain aplomb pour recruter des soldats en Allemagne ! La presse allemande sous contrôle soviétique attisait le feu. Selon elle, des dizaines de milliers de jeunes Allemands, encadrés par d'anciens officiers SS, partaient pour l'Afrique et l'Indochine défendre le colonialisme et l'impérialisme français. Elle annonçait des dizaines de milliers de morts allemands. Mais il n'y avait toujours pas de Wehrwolf. Non, c'est plutôt dans les bureaux de recrutement semi-clandestins de la Légion, à Kehl, Horsheim, Landau, Rastatt, que s'allongeait la queue de jeunes réfugiés sans foyer, militaires sans emploi, enfants sans parents, parents sans famille qui cherchaient à devenir militaires sous les couleurs françaises...

Leguen était inquiet. Était-il un mauvais chef de service, puisqu'il ne trouvait rien ? Son service prenait peur : allait-il être dissous et perdre villas, domestiques et voitures de fonction ? Avec, retour en France, rationnement et, pire, garnison à Châlons-sur-Marne ? Leguen partit comme un dogue affamé sur la première piste qui se présenta. Des catholiques de droite reconstitueraient un réseau où était exaltée l'Allemagne de toujours, « pieuse et fidèle ». Leguen salivait d'autant plus qu'il avait toujours détesté ceux qu'on appelle en Bretagne « les culs blancs », autrement dit les anciens élèves des curés. La première indication venait d'une conversation entre la secrétaire de l'évêque de Fribourg et le benjamin du service, jeune homme de bonne famille qui sortait de chez les jésuites.

La deuxième étape de la piste, appelée en nom de code « réseau corbeau noir » (on reconnaissait là les opinions laïques de Leguen), s'arrêtait malheureusement à un chanoine qui avait été déporté par les nazis et donc officiellement inattaquable. Dieu merci pour le service, un agent double établi à Constance et prétendant avoir connu Otto Skorzeny signala un complot religieux pan-germaniste qui devait tenir une réunion secrète à l'abbaye de Maria Laach.

Au cœur du massif de l'Eifel, sur la rive gauche du Rhin, l'abbaye de Maria Laach reflétait ses toitures romanes dans un lac de volcan aussi sombre que les forêts qui l'entouraient. Lieu sacré et retiré, chargé d'âme, il était dans la conscience allemande particulièrement respecté, et même les SS s'en étaient tenus à l'écart. L'abbé de Maria Laach, personnage mystérieux que certains accusaient d'avoir tiré toutes les ficelles du pouvoir, avait disparu. Sous un prétexte quelconque, on fouilla le cimetière sans succès pour trouver une tombe à son nom. Leguen demanda des moyens exceptionnels en hommes et blindés et à 4 h 30 du matin cerna l'abbaye. La sécurité militaire française arrêta un séminariste plutôt illuminé, deux bigotes, quatre moines âgés, un ancien parlementaire du Zentrum qui en 1932 avait voté pour Hindenburg et un paysan venu livrer du vin de messe.

L'abbé lui-même était à Rome, protégé par le

Vatican qui, avec l'appui des Anglais et des Américains, tentait de jeter les bases d'un nouveau parti démocrate chrétien. Cela ne faisait pas l'affaire de la politique française séparatiste, mais ne méritait pas le Conseil de guerre et pouvait même passer pour intelligent. Leguen offrit sa démission, que Dehousse, grand seigneur, refusa. Par écrit, Albert avait mis en garde le commandement contre une expédition si aventureuse et qui ne pouvait que froisser la conscience religieuse allemande. Du bon sens, seulement du bon sens. Il eut le triomphe discret. Il s'apercevait que diriger, gouverner, commander est en fait assez facile avec à sa disposition une administration, une hiérarchie, des structures établies. Il suffit d'un peu de jugement et de prudence. Et, bien sûr, d'avoir été nommé à la tête.

Quant au vaste service anti-Wehrwolf, il comptait les jours avec angoisse en attendant sa fin inéluctable. Non seulement il n'y avait toujours pas trace de résistance, mais les Allemands se pressaient, le ventre creux, aux spectacles culturels du théâtre français aux armées.

Les administrations françaises proliféraient. Sept directions générales, budget, économie, information, etc., des conseillers, des cabinets. A Baden, le nombre des Français dépassait celui de la population allemande dont les deux tiers étaient à leur service. L'inflation des titres allait de pair avec celle des effectifs. On comptait au moins mille deux cents officiers supérieurs dont plus de huit cents colonels et assimilés. Quand il fut décidé de laisser venir les familles, ce fut la ruée. Neveux, cousins, beaux-frères, grands-pères, épouses légitimes et d'autres moins, se précipitèrent dans la zone pour profiter du ravitaillement militaire, des voitures avec chauffeur, des avantages en nature. Et surtout du personnel domestique. Pour beaucoup de Français d'origine modeste, c'était une chance inespérée : se faire servir, commander à d'autres. Avec en prime, la bonne conscience : salauds d'Allemands, après ce qu'ils nous ont fait, on a bien le droit de « récupérer ». Le mot revenait comme un leitmotiv.

Quand les enfants arrivèrent, il fallut créer des écoles, maternelles, collèges et lycées français — comme en France et pour les seuls Français. Des trains d'enseignants suivirent les convois de nièces ou filleules faisant fonction de secrétaires particulières. Quelques fonctionnaires, je m'en souviens, commençaient à essayer de réfléchir à l'avenir de l'Allemagne, à de nouvelles relations entre nos deux pays.

La prolifération des épouses, maîtresses et parents, les facilités de la vie matérielle, l'abondance du temps libre avaient naturellement conduit à un développement prodigieux des activités mondaines et sportives. Dix dîners par soir et quatre soirées dansantes accaparaient les maîtresses de maison qui se volaient les cuisiniers et les coiffeurs. Baden se couvrit de centres équestres où de vieux écuyers allemands réquisitionnés tentaient d'enseigner leur art à des clients plus préoccupés d'exhiber leur cravache devant les cousins venus de France pour le week-end que de leur position à cheval.

Albert ne participait que très peu à la vie sociale : juste pour ne pas paraître la refuser.

Cela lui laissait du temps pour travailler davantage que les autres, et donc être meilleur. Son personnage d'homme jeune et naturellement élégant aurait dû le conduire à être de tous les concours hippiques et championnats de tennis. J'ai décrit sa jeunesse austère dans les couloirs de la vieille maison de Lambersart : le sport lui avait été totalement étranger. Le cheval l'inquiétait. Le golf était trop ésotérique. Il fallait pourtant participer. Il tenta le tennis, là encore pour qu'on ne s'étonne pas d'une absence systématique. Il affectait, en servant, une légère grimace de souffrance en se tenant le côté gauche. « Je rate mes balles, dit-il une fois avec un sourire volontairement forcé. Il fut un temps où d'autres les rataient moins. » Technique Dehousse de l'allusion créatrice. Cette formule, qui fut répétée, eut plusieurs conséquences.

Qu'il jouât si mal au tennis était justifié. On salua son courage de continuer à disputer des parties malgré une blessure au poumon, comme tout le monde l'avait compris sans qu'il le dise expressément.

Il perdait, mais après son numéro de blessé-qui-ne-veut-pas-qu'on-le-traite-comme-un-blessé, chacun de ses points était salué d'applaudissements et c'est son adversaire vainqueur qui était considéré comme bassement inélégant.

Une fois de plus il avait mis le public de son côté et conforté son image de héros discret. Le fait que Dehousse ait reçu pendant son admirable guerre une balle dans le poumon ne se discutait même plus. Mais ce succès immédiat lui coûtera cher et l'évocation de sa blessure sera sans doute sa première faute. La seconde faute, mais bien vite rattrapée, il la commit au dîner où pour la première fois il rencontra Servane.

A cause de l'histoire célèbre du sac de Freudenstadt et de la gifle à l'officier français qui avait perdu la tête, Albert avait imaginé Servane plutôt comme une walkyrie blonde. Il fut surpris, et peut-être déçu, au moment des présentations. Servane était assez petite, disons menue. Ses poignets étaient si minces, si frêles qu'ils paraissaient transparents. Elle était habillée n'importe comment et manifestement s'en fichait.

La couture d'un de ses bas n'était pas droite, ce qui frappa Dehousse tant il avait le souci du détail exact pour lui comme pour les autres. Ce n'est qu'ensuite qu'il remarqua les étonnants yeux au regard jaune. Un chignon la casquait de noir. L'ovale du visage et la peau mate adoucissaient une mâchoire dure sur des dents serrées. « Dommage, se dit Albert Dehousse, dommage qu'il lui manque cinq ou six centimètres. Elle aurait pu être une superbe fille. Mais quand elle mord, elle ne doit pas lâcher prise facilement... » Et puis il l'oublia : il présidait la table, elle était en bout.

Un incident marqua le dîner dès le début. Juste après avoir déployé sa serviette, l'épouse du directeur adjoint des transports urbains qui avait rang de commandant, quatre galons, saisit un couvert à côté de son assiette, puis le repose, en saisit un autre, le soupèse ostensiblement, l'élève pour mieux le voir à la lumière, en prend un autre, compare les poids un couvert dans chaque main, vérifie un poinçon d'un œil dur et dit : « C'est incroyable. Voilà un service de table de fonction qui est classé B2. Nous n'avons que le service de fonction C3, alors que mon mari est quand même à l'annuaire avant le vôtre. »

Cette remarque, faite comme parlant à son bonnet, mais à voix assez haute pour que nul n'en ignore, avait tenu toute la table en suspens. Elle déclencha un brouhaha de récriminations ménagères sur les rideaux, les tasses à café et les femmes de chambre fournis par l'administration, que les maris essayèrent sans succès de tempérer. On en vint rapidement aux comparaisons personnelles.

— Et la moquette, vous l'avez mesurée sa moquette ? Celle de son bureau est plus grande que celle de notre salon.

— Oui ma chère, mais la vôtre est plus épaisse.

— Loulou, s'il te plaît !

— J'ai eu ces fourchettes, dit la maîtresse de maison en défendant son droit de prise comme une poule son ver de terre, j'ai eu ces fourchettes parce que le commandant les a reçues de la générale, qui n'en voulait plus. (Les épouses d'assimilés appelaient volontiers leurs maris par leurs grades : « Le commandant pense que... le colonel m'a encore dit... Vous savez ce qui est arrivé au capitaine ?...)

— Seconde main, répondit son interlocutrice en ricanant de satisfaction. (L'ordre de l'annuaire était respecté.) J'avais bien constaté que l'argent était très attaqué.

Et de son ongle rouge, elle fit sauter une écaille de métal. Le silence qui suivit était si pesant que Dehousse crut nécessaire d'intervenir. Son rang, ses fonctions, sa personnalité de héros au-dessus de la mêlée lui donnaient des droits mais aussi des devoirs.

— Peu importe les couverts, dit-il. Votre nappe est ravissante, chère madame. Un mélange lin-coton légèrement chiné de grande qualité.

Et entre deux doigts il évaluait le tissu comme un vendeur au comptoir. Au silence lourd d'avant son intervention succéda un autre silence stupéfait. Qu'est-ce que l'illustre colonel Albert Dehousse pouvait bien savoir des mélanges lin-coton, chinés ou pas ? La gêne était si grande que Dehousse sentit le besoin de corriger l'erreur qu'il avait commise. On ne se surveille jamais assez : son ancienne activité de VRP en linge de maison venait de le rattraper par la queue, la longue queue de notre passé qui sort de notre redingote à nous tous pauvres diables, avait averti le capitaine Yonnet. Dehousse choisit la désinvolture amusée :

— Ah ! mon côté expert vous surprend ? Dans les familles du Nord, nous sommes tous un peu nés dans le textile, vous savez. Quel délicieux gigot !

La conversation reprit sur le fait que les Allemands ne savaient pas découper la viande, les problèmes de ravitaillement de l'autre côté du Rhin et l'avenir de la présence française de ce côté-ci. Trente à quarante ans minimum, avait déclaré le commandant en chef. Le temps nécessaire pour apprendre la démocratie aux Allemands.

Au moment du dessert, toutes les dames refusèrent le gâteau « forêt-noire » aussi riche en chocolat qu'en crème fouettée. Seule Servane se servit joyeusement.

— Les Indochinoises ont de la chance, dit l'une des invitées. Elles ne grossissent pas.

— Oui, dit Servane. Et regardant directement Dehousse depuis le bout de la table, elle ajouta :

— Elles ne grandissent pas non plus.

Albert Dehousse, se souvenant de sa réaction au moment des présentations, eut l'impression étrange que Servane avait lu dans ses pensées. Il se surprit à se demander : « Elle a du sang jaune. Pourquoi est-ce son regard qui est jaune ? » Puis il lui vint le sentiment, comme une décharge électrique, qu'elle l'avait percé à jour quand il s'était laissé aller à montrer ses connaissances textiles. Il quitta rapidement le dîner, prétextant des questions de service.

Le bal costumé de la générale de L... était l'une des obligations mondaines de Baden. Le général, avant la guerre, avait été attaché militaire adjoint à Budapest et sa femme en avait gardé le goût des cotillons. Thème imposé : titres de vieilles chansons françaises. Très simplement la générale avait décidé d'évoquer *Au clair de la lune*, ce qui lui permettrait d'apparaître en chemise de nuit dans une soirée de gala. Depuis longtemps, le général avait renoncé à contrôler les initiatives artistiques de son épouse.

Pour Albert, c'était seulement une corvée inévitable. A son grade, il ne pouvait refuser l'invitation. Le matin du samedi il joua un peu au tennis, mal, et en accentuant sa difficulté supposée à servir. On l'applaudit quand il quitta le court après avoir perdu cinq jeux sur six. Il avait décidé de consacrer l'après-midi à l'étude de plusieurs dossiers délicats. L'affaire de Maria Laach faisait encore des remous, il fallait renouer avec les milieux catholiques. Si Albert était en si peu de temps devenu un excellent patron des services secrets, c'était en raison de son exceptionnelle et irremplaçable expérience personnelle du mensonge. Mais aussi parce qu'il avait gardé de son enfance une application à la lecture que beaucoup de ses collègues n'avaient pas. Tout, Albert pouvait en témoigner, tout était toujours écrit quelque part.

Ce fut Meyer-Meyer, de permanence au cabinet, qui reçut l'appel téléphonique. Il eut le réflexe de le transmettre immédiatement à Dehousse qui était à son bureau. Maintenant que les hostilités étaient finies depuis plus de six mois, la plupart des incidents entre soldats français et civils allemands étaient liés à des affaires de « récupération ». Les civils n'osaient pas encore s'opposer au vol de leur mobilier, mais ils commençaient à le signaler à l'autorité militaire. Un caporal avait pu quand même démonter tout le sanitaire d'une villa près de Tübingen, le charger dans un camion de l'armée et le livrer chez lui dans le Tarn-et-Garonne. Il n'avait été sanctionné que pour « fausse permission ». Il est vrai que l'épouse d'un général venait de faire la même chose à l'échelle d'un petit château. Cette fois, c'est un vieux paysan souabe qui avait appelé la prévôté. Un groupe de soldats lui avait volé une oie et des pommes de terre de semence. L'affaire était montée jusqu'au cabinet, parce qu'un standardiste intelligent avait précisé que d'après le plaignant il s'agissait d'un groupe de *soldats allemands*.

Ce samedi après-midi, tout Baden semblait occupé à préparer des tenues de marquises et de méphistos pour le bal costumé du soir. Le service de Leguen ne put être joint. Dehousse réquisitionna une section qui assurait la garde d'honneur à un des multiples galas de bienfaisance du week-end organisé par l'Union aveyronnaise du Bade-Wurtemberg et sauta dans une voiture avec Meyer-Meyer.

Octobre finissant empourprait les sous-bois. Le vieux paysan indiqua un coin de forêt comme la direction de la fuite de ses voleurs d'oie. La section se déploya en ratissage. Dans un bouquet de bouleaux, ils virent des hommes qui somnolaient couchés les uns sur les autres devant un feu mal éteint. Ils portaient des pantalons boueux et de longues capotes de l'armée allemande. Certains avaient les calots réglementaires de l'une des plus prestigieuses unités de la Wehrmacht. D'autres étaient tête nue ou coiffés d'une casquette d'ouvrier. Ils avaient des barbes longues, des joues maigres, des yeux agrandis de fatigue. Ils étaient très sales et très jeunes. Ils se levèrent en voyant s'approcher les soldats français. Ils étaient aussi français.

Le plus gradé paraissait être un sous-lieutenant qui n'avait pas vingt ans. Il se mit au garde-à-vous et salua. Meyer-Meyer, qui regardait les écussons de col, dit : « Bon Dieu, des survivants de la brigade Charlemagne. — Division Charlemagne », corrigea d'un ton las le sous-lieutenant. Et il expliqua, comme s'il racontait la vie d'un autre qui se serait passée très loin et il y a si longtemps, qu'ils appartenaient à une compagnie d'engagés français dans la Waffen SS. A la fin de la guerre, ils étaient montés à Berlin, tous volontaires pour un dernier baroud autour de la Chancellerie. Dans les ruines qui entouraient le bunker, ils n'étaient pas nombreux à se battre encore : quelques gosses de la Hitler Jugend, et des Belges de la légion wallonne. Après la mort du Führer, ils avaient réussi à fuir l'étau russe en marchant d'abord vers les monts des Sudètes, ensuite vers le Bayerisherwald. Depuis six mois, ils vivaient de forêt en forêt, se cachant le jour, marchant la nuit, se nourrissant de larcins. Depuis six mois, ils n'étaient plus que des bêtes qui se terraient. Plusieurs d'entre eux étaient morts. Ils restaient onze. Ils avaient appris qu'il y avait à l'Ouest une zone française d'occupation et s'étaient dirigés vers le soleil couchant. Ils étaient arrivés.

« Qu'est-ce qu'on va en faire, Seigneur », dit Meyer-Meyer entre ses dents. Dehousse était très pâle. Il réfléchissait. Il imaginait les procédures et les épreuves qui attendaient encore ces hommes : la longue détention, les plaidoiries, le jugement, l'attente encore, l'exécution. Lui-même avait tant rêvé d'un destin exceptionnel. Il regardait avec tristesse les visages de naufragés de ces jeunes hommes aux destinées exceptionnelles et brisées. Le commandant en chef n'aimerait pas cette affaire non plus. Il était un guerrier, pas un politicien ou un juge. Dehousse était gêné parce qu'il n'avait pas pris le temps de se changer et était encore en tenue de sport.

Des souvenirs de ses lectures héroïques du couloir de la vieille maison lui revinrent. Il s'éclaircit la voix en toussant et dit : « Messieurs, je suis le colonel Dehousse. Je ne souhaite ni pour vous, ni pour vos familles, ni pour mon pays, un procès public. Vous avez porté l'uniforme allemand, vous connaissez les conséquences. Levez-vous. Je vais vous faire fusiller. Tout de suite, ici. Je vous donne ma parole qu'il sera dit à vos proches que vous êtes morts au combat. »

Les hommes se levèrent, se redressèrent, essayèrent un garde-à-vous, une attitude militaire. Leurs silhouettes dans leurs capotes grises et graisseuses se découpaient sur le fond clair du petit bois de bouleaux. L'un d'eux, à peine dix-huit ans, reniflait de façon saccadée. Il se mouchait dans sa manche, puis reprenait le garde-à-vous, puis reniflait encore. « Section, présentez armes ! » commanda Dehousse d'une voix ferme. La section rendit les honneurs. « Vive la France », crièrent ceux qu'on allait fusiller, mais trop tôt. Le peloton d'exécution n'était pas encore en place. « On ne va pas tuer un gosse qui a le nez qui coule », dit Meyer-Meyer. Dehousse fit signe au garçon de s'approcher :

— Pourquoi t'es-tu engagé dans la Waffen SS ?

— Mon frère aîné était parti rejoindre de Gaulle en Afrique, mon colonel. Je voulais faire quelque chose aussi, mais pas la même que mon frère aîné.

Et il moucha d'un revers de bras son nez qui coulait. Dehousse regardait par terre et dit :

— Meyer-Meyer, sortez ce garçon du tas, vous lui donnerez de faux papiers et vous le ferez enrôler dans la Légion. Maintenant, commandez le peloton d'exécution. Vous êtes l'officier en uniforme du grade le plus élevé.

Les hommes de la section paraissaient pressés d'en finir. Le tir eut lieu si vite que personne n'eut le temps de crier une seconde fois « vive la France ». Ceux qui allaient mourir étaient eux aussi pressés. Une corvée alla prendre des outils à la ferme et ouvrit une fosse commune. « Dans mon rapport, dit Dehousse en revenant en voiture (avec le garçon enrhumé caché à l'arrière), je dirai que c'était un groupe d'Allemands du Wehrwolf que nous avons réussi à éliminer. Si quelqu'un parle, je prendrai tout sur moi. Je crois vraiment qu'ils n'avaient pas envie d'aller plus loin. Ils étaient arrivés. Meyer-Meyer, vous avez vu leurs yeux ? »

Le soir, le Kurhaus et le casino étaient illuminés pour le bal costumé. Une compagnie de spahis faisaient la haie. Des laquais en habit à la française allaient chercher les invités à leurs voitures en brandissant des torches. Les doubles portes-fenêtres donnant sur les jardins laissaient voir scintiller les lustres. Le champagne qui provenait des stocks de l'état-major allemand était d'une cuvée exceptionnelle. Meyer-Meyer, en valet de chambre de *Tout va très bien Madame la Marquise,* pour la première fois de sa vie paraissait gêné de lui-même. Dehousse, simplement en uniforme, pria la générale de L... de l'excuser : « Une affaire urgente de service. Je n'ai eu le temps que de me déguiser en officier français. » On voulut bien trouver sa réplique charmante.

Il vit Servane seule à une table avec une autre « mirabelle » qui passait pour ne pas s'intéresser aux hommes. Manière de provocation, elle était déguisée en *Ma Tonkinoise.* Albert et Meyer-Meyer s'installèrent à la table.

— Le célèbre colonel Dehousse, dit Servane pour faire les présentations.

— Le célèbre lieutenant Meyer-Meyer, répondit Dehousse. Je signale que je ne sais pas danser mais Meyer-Meyer qui peut tout faire, valse.

Puis il tomba dans un silence profond. A un moment, Meyer-Meyer invita Servane à danser et dut lui raconter quelque chose sur la fin de journée que lui et Albert venaient de passer près d'un petit bois de bouleaux roussi par l'automne. Servane regarda Dehousse autrement, mais Dehousse ne parlait toujours pas. Meyer-Meyer, qui avait bu, se mit difficilement debout pour saluer Albert en disant : « Un sacré bonhomme, un grand monsieur, le colonel. Yes, Sir. Je ne salue pas souvent mais cette fois... »

On le fit raccompagner à son mess. L'autre « mirabelle » avait abandonné la table depuis longtemps. L'orchestre allemand en perruques Louis XV attaquait allegro vivace : la mi la ré ré fa dièse. La générale de L... organisait une farandole de pierrots, de chevaliers du Guet, de Malborough-s'en-va-t'en-guerre et de princesses en traînes de dentelle.

— Sauvons-nous, dit Dehousse à mi-voix.

Servane habitait en dehors de Baden une

ferme perdue au milieu des sapins, sur les premiers contreforts de la Forêt-Noire où elle avait un cheval en pension. Une veuve lui louait une grande chambre en bois clair qui avait dû être celle des enfants dont la photo bordée de noir était accrochée au mur : quatre fils, quatre tués sur le front de l'Est. Comme souvent à la fin de l'automne, un orage menaçait et on l'entendait rouler sur les sommets plus lointains. Sans échanger un mot, Dehousse renvoya son chauffeur et raccompagna Servane par des chemins de terre que les premiers éclairs marquaient de traits blancs entre la masse obscure des arbres. Dans la chambre où une énorme couette rouge dissimulait le lit, ils se déshabillèrent, toujours en silence. La pluie éclata sur le toit d'ardoises. En tombant dans les bras de Servane, Albert eut une sorte de tremblement, comme une crise nerveuse, un sanglot étouffé. Pour la première fois de sa vie, aujourd'hui, près du petit bois de bouleaux, il avait vu le feu. Ensuite ils disparurent sous la couette qui bientôt glissa à terre. La pluie cessa, mais ils n'entendirent pas qu'elle cessait.

Au matin, Servane lissait doucement du revers de la main le dos nu d'Albert comme une chatte lèche son petit. « Tu n'as pas de cicatrice, dit-elle à mi-voix. Tu n'as jamais été blessé. » Et elle le caressait toujours aussi précautionneusement. Ainsi elle fut la première à savoir.

10

LE CLUB DES MORTS-VIVANTS

YVETTE ne comptait plus le nombre de fois où elle était ressortie en pleurant du commissariat central de Lille. Aucune nouvelle de son mari. On lui conseilla d'aller à Paris à la préfecture, sans lui donner trop d'espoir : « Vous savez, ma pauvre petite dame, déjà en temps normal plus de dix mille personnes en France disparaissent chaque année sans laisser de traces. Alors, par les temps qui courent, avec ce qu'on a connu sous les Allemands et depuis... »

La ville de Lambersart, qui n'avait pas abandonné ses projets de groupe scolaire, avait fait mettre les scellés sur la vieille maison. Les démarches des autorités municipales pour retrouver l'héritier n'avaient pas eu de succès. Yvette qui habitait un nouveau pavillon avec ses parents refusait le deuil. « Il vit, je le sais. C'est mon mari. » Et elle riait entre deux hoquets de larmes.

La puissance de Dehousse s'était encore étendue dans la zone française d'occupation. Les hommes de la section qui avaient fusillé le groupe de jeunes Français de la Waffen SS parlèrent. Albert, comme il l'avait dit, prit la responsabilité de l'exécution avec honneurs militaires tout en maintenant la fiction d'un engagement avec un élément armé du Wehrwolf. Ses supérieurs lui surent gré d'avoir réglé vite et bien une assez triste séquelle de la guerre. « Il s'est conduit en vrai officier de tradition », commenta un général élégant. « Mieux, corrigea le commandant en chef. En soldat. » Quant au chef de bataillon Leguen dont le service anti-Wehrwolf venait d'être sauvé au moins pour plusieurs mois, il se serait fait tuer pour Dehousse.

Comme le succès entraîne naturellement le succès, Albert connut une satisfaction supplémentaire qui confirma le triomphe de sa technique personnelle : ne pas se vanter, laisser entendre, ne pas démentir.

Je l'ai dit, il ne portait jamais de décorations. Un soir il est convoqué par le commandant en chef.

— Dehousse, j'en ai assez de votre cinéma.

— Oui, mon général.

— Vous dites oui, vous ne savez même pas de quel cinéma il s'agit, vous vous payez ma tête ?

— Non, mon général. Mais ici, à Baden, le cinéma est un peu permanent, alors... (Dehousse était bien le seul, avec son prestige et son aura de mystère, à pouvoir se permettre un peu d'ironie.)

— Dehousse, cette pose, cette ostentation à ne pas porter de décoration est ridicule. Par exemple, votre Légion d'honneur, vous l'avez cent fois méritée.

Beau visage triste de Dehousse.

— Mon général, je regrette de le dire devant un héros comme vous, mais la Légion d'honneur a été donnée à de tels salopards, des embusqués, des tripatouilleurs. Non merci.

— Dehousse, je salue vos scrupules. Mais qu'un vrai Français comme vous, après la guerre que vous avez faite, refuse de porter la Légion d'honneur, c'est inadmissible, c'est désespérant...

Dehousse très froid, au garde-à-vous, attend.

— Portez la Légion d'honneur, Dehousse, c'est un ordre.

— Oui, mon général.

— Vous allez le faire ?

— Non, mon général.

— Il vous faut quoi, un ordre écrit ?

— ...

— Vous allez l'avoir.

Et le commandant en chef écrivit de sa main : Le général commandant en chef les forces françaises d'Occupation en Allemagne, ordonne au colonel Albert Dehousse... Dehousse porta la Légion d'honneur, et tant qu'à faire, la rosette. C'est à peine si cela fut remarqué, tant cela paraissait évident. Lui-même n'y attacha pas une extrême importance. C'était dans la logique de son rôle, sans plus.

En fait, il était entièrement pris par sa passion pour Servane. Les coups de foudre existent. Albert avait été comme foudroyé par le plaisir qu'il avait découvert sous la grande couette rouge de la veuve aux quatre fils tués.

Premier émerveillement, les cheveux de Servane. Quand elle avait dénoué son chignon, ses cheveux noirs descendaient en une seule vague lisse jusqu'à la courbe de ses reins où le ressac la brisait. Albert, fou d'étonnement admiratif, se laissait porter par la vague. Ensuite, continent inconnu qu'il venait de découvrir, sa peau. Je crois savoir qu'il existe différentes variétés de satin : de coton, de laine, de soie, de toutes les fibres textiles. Du satin de velours, ainsi était la peau de Servane. Son seul contact non seulement excitait, il émouvait Albert comme au seuil d'un enchantement.

Au bar du Kurhaus, Dehousse avait un jour pris un verre avec un officier marocain qui était, me semble-t-il, l'un des nombreux neveux du Glaoui, pacha de Marrakech. Ils avaient commandé chacun un cognac et, avant de boire, avaient trinqué en choquant leurs verres. Le commandant marocain arrêta Albert d'un geste :

— Savez-vous mon colonel pourquoi nous venons de choquer nos verres ?

— Une habitude, dit Dehousse. Une sorte de rite d'amitié.

— Bien plus, dit l'officier marocain. Boire est un grand plaisir. Avant de boire votre cognac, vous regardez votre verre, vous faites danser la lumière sur la liqueur : l'œil, la vue a du plaisir. Puis vous humez votre verre, et l'odorat a du plaisir. Puis vous prenez le verre à deux mains, vous le réchauffez, et le toucher a du plaisir. Puis vous buvez, et le goût a du plaisir. Il ne manque que l'oreille. Ce n'est pas juste. Pour que l'ouïe participe aussi, que l'oreille ait son plaisir et que le plaisir soit complet avec les cinq sens, choquons nos verres.

Et les verres tintèrent.

— Fichtre, dit Dehousse. Il faut vraiment que votre religion vous interdise l'alcool pour que vous ayez inventé une aussi belle histoire à sa gloire.

Maintenant, quand il retrouvait Servane, il pensait au cognac du commandant marocain. Il se régalait de sa vue, de son odeur, de son goût, de ses cris, de la toucher. Yvette avait une peau de blonde un peu grasse, légèrement écœurante comme le lait à jeun du petit déjeuner. Servane lui apportait ce bonheur complet des cinq sens grâce à la magie de sa peau, du satin de velours.

Parfois, Albert cherchait d'autres raisons à sa passion sans vouloir la nommer. Il se disait que c'était l'extrême liberté de Servane qui l'avait séduit, sa désinvolture naturelle à la limite de la provocation envers les lois de la société, alors que lui-même, parce qu'il avait voulu y jouer abusivement un rôle, devait surveiller à chaque instant chacun de ses mots et calculer chacun de ses gestes.

Mais il se rendait compte que de tels raisonnements étaient insuffisants et les explications intellectuelles ou sociales trop courtes. Elle était ce qu'il n'était pas ? Soit, et après... Il y en avait d'autres sur la planète. C'était celle-là, et aucune autre, dont il avait besoin pour ne plus être seul. Oui, il n'était pas que curieux, jaloux ou admiratif, mais amoureux.

Servane avait été habituée aux garçons de son âge qui cherchaient à l'embrasser dans le cou sur la plage de Dinard, puis aux officiers supérieurs qui craignaient de perdre la face au mess s'ils n'avaient pas exercé un droit de cuissage sur la « mirabelle » mise à leur disposition comme chauffeur.

Pour sa première nuit avec Dehousse, le soir du bal costumé et de l'orage sur la Forêt-Noire, sans doute la curiosité l'avait poussée. Habituée par la guerre à vivre un peu comme un homme, l'idée assez masculine de « se faire » le célèbre colonel Dehousse avait pu la tenter. Mais là aussi, l'explication était un peu brève. Le soir du bal costumé et de la rencontre au Kurhaus, elle avait bien senti dans les silences de Dehousse et les demi-confidences de Meyer-Meyer qu'Albert venait de connaître un événement exceptionnel en poids de vie et de mort mêlées. Le sanglot étouffé dans ses bras n'avait été que le signe d'une émotion profonde qui cherchait à être partagée. Elle n'avait pas dit non à ce partage.

Elle découvrit un soir la qualité de son attachement à Albert en lui faisant involontairement de la peine et en le regrettant tout de suite. Albert l'avait entraînée à parler de ses campagnes militaires et lui demandait en plaisantant — en fait avec jalousie — « si elle avait eu beaucoup d'amoureux parmi les généraux de la 1re armée française ».

Elle répondit, trop vite, par la boutade célèbre d'une grande dame du XVIIIe siècle : « Cela leur fait si plaisir et nous coûte si peu. » Albert était devenu blanc. Pendant huit jours ils ne se virent plus. Elle allait prendre l'initiative de lui écrire une lettre où pour la première fois de sa vie elle exprimerait des sentiments, quand Dehousse, sans un mot, vint la chercher pour passer la nuit ensemble. Jamais plus ils ne parlèrent du passé. Pas encore de l'avenir.

Il paraît que les cimetières favorisent les passions amoureuses. L'Allemagne de ces années était un immense cimetière. Un événement étrange survint qui allait pendant des mois frapper les esprits. La ligne Siegfried avait été enfoncée très vite dès l'hiver 44-45 par les Américains, qui avaient ensuite continué vers le Rhin. Les services français chargés du déminage faisaient sauter un ensemble d'ouvrages bétonnés en ruine quand une ouverture apparut. L'officier du génie donna l'ordre de suspendre les mises à feu. De l'excavation béante sortirent un, puis deux, puis six êtres humains aux vêtements en lambeaux, à la barbe immense, aux yeux aveugles.

Lors des opérations, près de deux ans plus tôt, l'artillerie américaine avait touché de plein fouet les entrées du blockaus, enfermant sous terre une compagnie entière de la Wehrmacht. La guerre passe au-dessus d'eux et les oublie. Ils ne manquent pas d'air pour respirer, d'étroits conduits en chicane communiquant avec la surface. Les réserves de vivres suffisent pour un régiment. Au début ils ont de la lumière par un groupe électrogène. Dans les premiers jours, un tiers des hommes se suicident quand ils s'aperçoivent qu'ils sont enfermés dans leur prison de béton. Un autre tiers quand la lumière s'éteint définitivement. Les survivants n'ont pas d'autre solution pour enterrer les morts que de les enfouir dans les réserves de farine. Il reste des conserves. L'eau suinte des murs en quantité suffisante. Les hommes meurent doucement les uns après les autres. Toute notion de temps est perdue. Ceux qui survivent le font par habitude, parce qu'ils n'ont pas décidé de se tuer, une sorte d'état végétatif de mousse ou de champignon. Trois des six rescapés mourront dans les jours qui vont suivre leur retour à la lumière : la vraie vie leur est devenue impossible.

Meyer-Meyer invente une théorie après lecture d'une revue scientifique américaine. Quatre pour mille des personnes déclarées mortes, médicalement et légalement, sont seulement dans différentes formes de coma. La loi de la réversibilité doit s'appliquer. Si quatre pour mille des morts ne le sont pas, il doit y avoir quatre pour mille de vivants, légalement et médicalement, qui sont en fait morts. Ils vivent une autre vie qui n'est plus la leur.

Meyer-Meyer décide de créer à Baden le club très fermé des morts-vivants. Pour y être admis, il faut faire la preuve que « normalement on ne devrait plus être là ».

Lui-même affirme que mathématiquement il a été abattu par la DCA allemande dans un raid de bombardement sur Hambourg tel jour, tel vol, avec cette seule réserve qu'en prenant à contre-pied un médecin psychiatre, il a été évacué avant le raid, ce qui lui donne le plaisir d'offrir aux amis le pot de ce soir. D'ailleurs, un jour il organisera un syndicat pour réclamer le droit légal à plusieurs existences. Voilà le vrai minimum vital, n'est-ce pas mon colonel ?

Des adjoints ou collaborateurs de Dehousse demandent leur adhésion. Le capitaine Pierre était en 1944 étudiant en épigraphie grecque et spécialiste du boustrophédon. Il a été arrêté par hasard dans une rafle que les Allemands ont lancée pour venger un de leurs officiers abattus. Une vingtaine de Français sont poussés contre un mur et fusillés rapidement. Au moment où le tir commence, Pierre a un réflexe d'enfant qu'on va gifler et lève son bras pour se protéger la figure. Il prend une balle dans les côtes, une autre dans le poignet qui l'éclabousse de sang. Il tombe sur le dos. Il a lu quelque part qu'un mort avait les yeux ouverts. Il s'oblige à garder les yeux ouverts. Le sous-officier allemand chargé du coup de grâce passe entre les corps et tire dans la tête de ceux qui bougent encore. Il regarde Pierre qui, du sang partout et les yeux ouverts, à un mètre, face à face, le dévisage sans ciller. Il se dit que celui-là est bien mort, le retourne du pied et économise une balle. Pierre est chargé dans un camion avec les cadavres, se dégage du tas, saute en marche, rejoint un maquis. Il est admis au club.

Les membres du club des morts-vivants, « ceux qui normalement ne devraient pas être là », demanderont à Albert Dehousse d'être leur président d'honneur, sans se rendre compte du bien-fondé ironique de leur démarche. Il y aura un vote, une majorité de « oui », un bulletin blanc, un bulletin « non ». Le vote « contre », tous le savent, c'est le capitaine Boutin.

Il a été, lui, admis à l'unanimité dans le club. Le capitaine Boutin a fait réellement tout ce que Dehousse laisse entendre qu'il a pu faire.

En 40, à dix-neuf ans, admissible à Normale-Sciences, il a abandonné diplôme, carrière, famille et traversé à vélo la France en débâcle pour rejoindre un port et sauter dans un chalutier ralliant l'Angleterre. Il cache ses grades universitaires par peur d'être envoyé en école d'officier et de ne pas aller se battre tout de suite. A Koufra, avec Leclerc, il est sergent. A la fin de la campagne d'Italie il a quatre citations et la médaille militaire. Après l'île d'Elbe il est nommé sous-lieutenant, lieutenant en Provence, capitaine en Alsace, et la Légion d'honneur. Son unité de tirailleurs est renvoyée en Afrique du Nord pour cause de « blanchiment » nécessaire des troupes d'occupation. Au défilé du 14 Juillet de la victoire à Alger, il est, debout dans la tourelle de son char, en tête des blindés. Devant la tribune officielle, son chauffeur cale. Mauvaise note, sans plus. Mais, paniqué, le chauffeur du char confond la première avec la marche arrière et entre à reculons dans la foule, tuant une demi-douzaine de spectateurs. Des nationalistes s'emparent du drame. Des politiques s'agitent. Boutin, le héros parti à dix-neuf ans en sacrifiant tout, est cassé de son commandement. Après un temps de disgrâce dans une garnison de sous-préfecture, il est envoyé en zone française d'occupation, là où les officiers un peu vichyssois et les fonctionnaires un peu collaborateurs se font oublier. Comme il parle parfaitement l'allemand, il est affecté au service de Dehousse où il est chargé de favoriser les mouvements autonomistes locaux. Dès le début, il hait Dehousse parce qu'il trouve qu'il a trop de chance : tout le monde le respecte, l'admire, l'aime. Il est si charmant et si discret. Boutin est le premier à poser la question : « Où a-t-il fait la guerre, le fameux colonel

Dehousse ? En tout cas pas dans la 1re DFL, j'y étais. » Il ne demande pas encore : « A-t-il vraiment fait la guerre ? » Mais la question n'est pas loin. Il met aussi en doute la blessure au poumon de Dehousse : « Quand on reçoit une balle dans le poumon, ce n'est pas ce type de mouvement qui vous fait faire la grimace. D'ailleurs ce n'est pas non plus ce type de grimace que l'on fait. Je sais. J'ai reçu une balle dans le poumon. »

Leguen, Pierre, Meyer-Meyer et les autres, scandalisés, insistent auprès d'Albert pour qu'il limoge Boutin. Dehousse refuse, je me demande encore pourquoi, peut-être fasciné par ce personnage qui est vraiment ce que lui prétend être, peut-être entraîné par l'attirance du risque qu'ont tous les grands joueurs. D'ailleurs, professionnellement, Boutin est excellent. Quant à ses propos contre Dehousse, ils n'impressionnent personne. « Il déteste Dehousse ? Normal, il déteste tout le monde. Après une si belle guerre, il a eu tant de malchance. » Dehousse lui-même répond une fois pour toutes aux interrogations sur ses campagnes par une petite phrase qui fera le tour de la zone d'occupation : « Il y a deux catégories de Français. Ceux qui ont fait la guerre, et ceux qui la racontent. »

Un jour Boutin croit pourtant marquer un point. C'est l'incident fameux du sauna dont j'ai déjà raconté le début. Nous sommes donc tous aux bains de Baden, assis sur les bancs, dans la vapeur bouillante, bras croisés, nus avec une serviette sur les genoux. Boutin est à côté de Leguen, qui est à côté de Dehousse. Il se penche vers Leguen et lui dit à l'oreille.

« J'avais raison pour la blessure au poumon de Dehousse. Regardez, il n'a pas de cicatrice. » Leguen, qui a un côté Saint-Jean-bouche d'or, se tourne vers Dehousse et dit : « Mais, mon colonel, vous avez bien été blessé au poumon, je ne vois pas de cicatrice ? » L'atmosphère est si tendue, chargée d'animosité, si lourde de menaces que le rideau de vapeur du bain paraît léger, presque frais en comparaison. Très calme, Albert répond : « La balle a pu entrer sous l'aisselle. Vous n'allez pas me demander de lever le bras pour vérifier ? » Il y a un silence. L'attente se prolonge. Dehousse ajoute de sa petite voix tranquille : « Je n'ai jamais levé les bras de ma vie. Je ne vais pas commencer à Baden-Baden. » Leguen s'excuse. « Pardonnez-moi, mon colonel, ma question était idiote. » Une fois de plus, Albert Dehousse a eu le dernier mot. Une fois de plus, le capitaine Boutin a l'air d'un salaud. Cette question ne sera plus posée. Mais je ne suis pas près d'oublier ces quelques minutes dans le sauna où il me semblait dans la pénombre ne voir s'agiter que des spectres.

A Lille, Yvette n'a toujours pas renoncé à retrouver son mari. Ses démarches à Paris ont pourtant été décevantes et même pénibles. A la Préfecture, après des heures d'attente, elle est renvoyée de service en service. On lui fait feuilleter des centaines de photos anthropométriques de clochards et de détenus comme si son époux disparu ne pouvait être qu'un délinquant. Le lendemain elle doit revenir pour examiner une série de photos de noyés et de suicidés divers.

Yvette est retournée à Lambersart. Elle garde son bon sourire et ses yeux tendres mais a tendance avec les soucis à prendre du poids. La vieille maison des Dehousse est toujours sous scellés en attendant la nomination d'un administrateur provisoire à la succession. La municipalité a engagé une procédure de déclaration d'utilité publique pour tenter de passer outre aux lenteurs et complications de la législation française sur l'absence.

Un cabinet de généalogistes du Cateau-Cambrésis, qui a eu vent de l'affaire par les bulletins d'annonces légales, lance un enquêteur sur la piste d'Albert. C'est une sorte de rat gris, payé au pourcentage sur les successions dont il retrouve les héritiers. Il n'a pas de mal à localiser la dernière étape connue de Dehousse, grâce à son programme de VRP en linge de collectivités : la gare de W... Il vérifie qu'Albert n'a pas pris le train qu'il aurait dû prendre et découvre qu'un train spécial pour Paris est passé dans la gare en principe sans prendre de passagers, mais qu'il s'est néanmoins arrêté quelques secondes, le feu tardant à se mettre au vert. Albert Dehousse (je lui garde ce nom) a dû aller à Paris.

Où peut tenter de survivre, à Paris, un homme qui n'a sur lui qu'un peu d'argent de poche, des acomptes pour quelques draps et deux valises d'échantillons ? A l'Armée du Salut, pas de souvenirs de leur recrue d'un soir qui joua les Père Noël. « On voit passer tant de monde. » Aux Halles ? L'enquêteur suscite un vague écho en montrant une photo d'Albert à son mariage auprès d'un chasseur de restaurant. Le visage lui dit quelque chose. « Je crois me souvenir qu'il ouvrait les portes des voitures. Oui, il faisait très froid et il n'avait pas de manteau. Ça se remarque. » La piste se perd ensuite.

Alors l'enquêteur examine la collection de tous les journaux à l'époque de la disparition d'Albert et dans les mois qui suivent, à la recherche d'un fait divers qui pourrait être un indice le conduisant à l'héritier de la succession Dehousse. Pas à la rubrique des faits divers, mais à celle du premier retour des prisonniers en décembre 44, il croit apercevoir une silhouette ressemblant à celle d'Albert au deuxième rang derrière les officiels à la gare de l'Est. Mais la photo du journal est si floue, si mauvaise, qu'il laisse tomber la piste. En revanche, 18 avril 45, il n'y a pas de doute. Au procès du général Dentz, dans le public juste à côté d'un résistant très connu, c'est bien Albert. Il n'a pas vu qu'on le photographiait.

L'enquêteur spécialisé dans la recherche des héritiers des successions non réclamées commence à montrer la photo d'Albert aux secrétaires des différentes associations de Résistance. Ainsi qu'à des personnalités proches des milieux pétainistes. Sa présence dans le public peut avoir des raisons diverses.

A Baden-Baden, les rivalités entre vrais militaires, militaires assimilés et civils s'exaspèrent. Seul Albert Dehousse est admis par tous, si j'excepte bien sûr le cas de Boutin. Il est un grand professionnel du renseignement et de l'action parallèle. Même Boutin le reconnaît.

Sa passion pour Servane ne s'est en rien affaiblie, au contraire. Ils vivent ouvertement ensemble. Sans jamais évoquer le passé de l'autre, chacun en sait assez. De nombreuses références familiales leur sont communes. Un jour ils éclateront de rire ensemble en entendant un Français qui pose au grand veneur parler de « jouer » du cor de chasse... Ces petits signes de reconnaissance sociale, en contradiction avec leur image de baroudeurs marginaux, leur paraissent la confirmation que de tout temps, dans le mouvement des planètes, des marées et des êtres humains, leur rencontre était inscrite.

Elle est loin la première soirée où la mirabelle inscrivait le célèbre colonel Dehousse à son tableau de chasse. Servane a compris qu'il y a en Albert quelque chose de très fragile, une sorte de double jeu particulièrement périlleux, sans pouvoir apprécier encore toute l'énormité de l'imposture. Elle croit qu'il exagère, qu'il arrange les faits à son avantage et cela ne la surprend pas. L'expression de l'époque est « le faire à la cravate ». Pratiquement tous les hommes qu'elle a connus, elle les a jugés comme de grands enfants prolongés qui racontent des histoires à leur gloire pour épater d'autres grands enfants prolongés, jusqu'à les croire eux-mêmes. Ce qu'elle ne supporte pas c'est la forfanterie, l'arrogance dans le mensonge. Albert, lui, est si loin de tels défauts, si discret. Servane prend plaisir à le protéger en le réconfortant à ses moments de doute qui se traduisent par de grandes plages de silence. Elle est surprise puis impressionnée, puis émue qu'un homme aussi puissant ait tant besoin d'elle. Elle s'attache à lui. Quand Albert lui prend la main pour traverser la rue, comme un enfant, elle l'aime comme un enfant. Elle n'éprouve pas de son côté une passion violente comme celle d'Albert. C'est la tendresse qui gagne. Et aussi, le sentiment nouveau pour elle de la propriété. Dehousse, par les secrets qu'elle a devinés en lui, par son amour pour elle, lui appartient. Pour lui, elle laisse ses cheveux noirs descendre en vague dans son dos. Elle met des chaussures à hauts talons, parce qu'Albert en aime le bruit, quand elle marche à côté de lui en devant précipiter son pas.

Ils vont se marier, dit-on en ville. Entre eux, ils n'en parlent pas. Ce sont deux sauvages. Ils ne savent comment formuler la demande et ont peur d'être ridicules.

Un petit incident oppose Albert Dehousse et la générale de L... La générale refuse d'inviter à dîner Servane en même temps qu'Albert. « J'ai des principes, mon cher colonel. Chez moi, on ne passe à la salle à manger qu'après être passé par la chapelle. Vous avez très bien compris. »

« La vie est mal faite, pense Dehousse. Si j'avais eu un père normal et un grand-père sérieux, j'aurais été en vacances au Val-André et j'aurais épousé Servane. Nos deux familles auraient dit : voilà un excellent mariage. Non, il a fallu que je sois élevé comme un paria et en plus qu'il y ait la guerre ! Sinon, je n'aurais pas épousé Yvette. Brave Yvette, si dévouée. J'espère qu'elle n'est pas malheureuse ».

Un instant, il pense à la vieille maison de

Lambersart qu'il a aussi abandonnée. Puis du travail urgent l'appelle : la France, en zone d'occupation en Allemagne, est en train de changer de politique. Et ce soir, il doit présider le dîner trimestriel du club des morts-vivants.

11

LA VIEILLE MAISON

LES rêves français de démembrement ou d'annexion s'estompent. Américains et Anglais, dans une atmosphère de guerre froide entre l'Est et l'Ouest réfléchissent à une réunification des trois zones, qui relancerait l'économie allemande et serait la base d'une grande démocratie future. L'administration française, dirigiste et attachée à son fief, ne veut pas en entendre parler. Mais quelques personnalités, des résistants, des anciens déportés, œuvrent dans le sens d'une réconciliation franco-allemande. Le vent souffle à l'Europe. Un professeur de Poitiers a organisé des groupes de jeunes volontaires qui détruisent symboliquement les poteaux frontière. C'est l'existence même de la zone française d'occupation que ces trublions mettent en cause pour les quarante mille fonctionnaires français et leur quatre-vingt-dix mille parents qui y vivent et en vivent.

L'Europe unie fondée sur la réconciliation franco-allemande ne fait pas l'affaire non plus de l'Union soviétique. La thèse officielle à Moscou est que toute réunification de l'Allemagne, même partielle, et toute entente entre l'Allemagne et la France ne peuvent être que le fruit de revanchards nazis fauteurs de guerre. Le mouvement se développe pourtant. Des rencontres ont lieu. La directive du commandement français interdisant de serrer la main de « l'ennemi » et exigeant des offices religieux séparés s'oublie. Meyer-Meyer abandonne ses personnages « Dignité » et « Mépris ». Premiers colloques préparatoires au Conseil de l'Europe. L'URSS donne l'ordre de faire ce qu'il faut pour empêcher le rapprochement des opinions.

Les analystes soviétiques arrivent à la conclusion que le point le plus douloureux, encore à vif dans les relations entre la France et l'Allemagne, reste l'Alsace-Lorraine annexée par le Reich après la défaite de 1870 et celle de 1940. Pour brouiller l'Allemagne et la France, il faut tourner le couteau dans la plaie alsacienne.

Des colis piégés, boîtes de cigares ou de chocolats, je ne sais plus, sont adressés à différentes personnalités de Strasbourg et du Bas-Rhin. Un ou deux Français sont tués, plusieurs blessés. Les terroristes se sont arrangés pour signer leurs assassinats de telle sorte qu'une rapide enquête puisse les attribuer à un mouvement nationaliste allemand reconstitué qui n'a pas admis la « perte » de l'Alsace. La provocation est énorme. La presse française s'indigne.

Albert a été chargé de mener la contre-enquête en Allemagne. Dès le départ, la nature de l'explosif utilisé le dirige vers une origine plus orientale. Les preuves de l'implication politique allemande d'extrême droite sont simplistes. En matière de mensonge et d'illusion, on ne trompe pas Albert Dehousse. Il s'en aperçoit assez vite, ce sont les services tchèques qui ont opéré sur un scénario de l'URSS. En France, le gouvernement doit affronter des grèves quasi insurrectionnelles dans les mines et les chemins de fer.

Dehousse est partisan de faire savoir à Moscou que nous savons. L'Union soviétique pourrait avoir une influence apaisante sur quelques excités à Paris qui croient venue l'heure de la révolution, différée en 1944. Albert va à Berlin porter le message. Message reçu cinq sur cinq. De son côté, en France, le ministre socialiste Jules Moch fera tirer l'armée sur les grévistes et désarmer les unités de gardes mobiles peu sûres en encerclant à l'aube leurs casernes par des régiments d'élite. Une nuit, le bureau politique du PC abandonnera la voie de la grève révolutionnaire. Un ordre direct de Moscou, diront certains.

Une fois de plus, Albert a été très discret. Communistes et gouvernement lui en savent gré. L'affaire des colis piégés tchèques en Alsace, destinés à brouiller la France et l'Allemagne, reste largement inconnue du grand public *.

Mais quand il rentre de Berlin, il a pris une dimension politique et internationale incontestable. Il sort de l'avion spécial et va directement chez Servane qui est sous la douche. A

* Confusion involontaire ? Affabulation ? Il est impossible que Dehousse ait joué un rôle dans le dénouement de cette machination. Elle a bien eu lieu, *mais dix ans plus tard,* lors des débuts du Marché commun, et non du Conseil de l'Europe. J.-F.D.

travers la vitre, il la demande en mariage. Il fait des gestes, crie, la désigne, se désigne. Elle finit par entendre et sort ruisselante sur le tapis de sa chambre. Albert l'essuie avec une grande serviette chaude, mais son visage reste toujours aussi humide. Il comprend : ce n'est pas l'eau de la douche, c'est Servane qui pleure d'émotion.

Le mariage est prévu très vite, printemps 47. Servane n'a plus de famille proche. Le général de L..., chez qui on ne passe pas à table sans passer par la chapelle, sera son témoin. Le commandant en chef a accepté d'être celui d'Albert. « Grand mariage » : les demoiselles d'honneur portent capelines et les officiers font une voûte d'acier. Le club des morts-vivants manifeste son soutien à son président d'honneur en hissant une vaste banderole signée Meyer-Meyer : « Heureux de la Terre, unissez-vous ! » (Malgré les très bonnes notes que lui met Dehousse, Meyer-Meyer n'arrive pas à passer capitaine. Traîne quelque part dans son livret la terrible appréciation : « N'a pas l'esprit militaire. ») En blanc, avec ses cheveux noirs et son teint mat, Servane est très belle.

A la sortie, sur les marches devant le porche de l'église, pendant que la petite foule des amis, des collaborateurs, des relations crie bravo, jette des grains de riz, prend des photos, elle tient le bras d'Albert comme le veut la coutume. En fait elle soutient Albert qui a eu un éblouissement dû au soleil et à l'excès de bonheur. Tout ce qu'il a pu rêver, imaginer, inventer, trouve en ce moment son accomplissement. La femme qu'il aime est à son côté. Le général commandant en chef applaudit. Enfin chacun est à son rang, chacun a trouvé la place qui est la sienne. Ma mère serait heureuse, pense-t-il. Toute la nuit précédente, ils se sont caressés avec délectation. Servane a crié : et pas seulement pour que l'oreille ait aussi son plaisir. Maintenant, à côté d'Albert dont elle serre le bras, sous les flashes des photographes, elle ferme ses paupières sur son regard jaune. Personne ne penserait à la juger trop petite.

Pendant qu'Albert et Servane en voyage de noces se promènent aux îles Borromées en se tenant par la main, Meyer-Meyer, de permanence au cabinet, reçoit un rat gris à la moustache filée qui lui explique le métier de généalogiste spécialisé dans la recherche d'héritiers. Meyer-Meyer, de bonne humeur, décide de se payer sa tête comme il l'avait fait avec le médecin psychiatre de l'armée de l'air américaine.

Le rat à la moustache grise souligne les difficultés du genre. Il ne faut pas confondre Pierre ou Paul, le Pirée et un homme, le roi et son cousin. Le dossier juridique doit être impeccable, l'identité de l'intéressé totalement prouvée. Alors il peut être mis fin à *l'absence* et la succession être liquidée.

Meyer-Meyer qui se cure les ongles avec un coupe-papier venant du mobilier du nid d'aigle de Hitler à Berchtesgaden, demande à l'enquêteur de prouver sa propre identité. Et par des moyens moins dérisoires que les documents officiels. On est ici chez des espions, et les faux papiers bien faits sont seulement une garantie du sérieux maison. En dix minutes le doute et la confusion règnent. Poussant son avantage, il fait pratiquement admettre à l'enquêteur qu'il est un simulateur, puis que la notion même d'identité est fallacieuse, tout mortel ayant normalement droit à plusieurs existences. On connaît sa théorie des morts-vivants. Par exemple, lui, Meyer-Meyer, à qui parle l'enquêteur, c'est officiel, statistique, il est déjà mort. Est-ce qu'il faut ranger les morts dans les absents ou ne serait-ce pas plutôt la vie qui serait une sorte d'absence temporaire, comme des vacances ?

L'enquêteur réussit à montrer à Meyer-Meyer une photo de M. A.D. (les vrais nom et prénom d'Albert) le jour de son mariage en lui demandant s'il ne le connaîtrait pas. C'est évidemment Dehousse. Meyer-Meyer fait remarquer que l'intéressé s'étant marié cinq jours plus tôt, la photo est manifestement truquée. A son tour, il sort les photos du mariage d'Albert et Servane. L'enquêteur trouve que la situation se complique mais reprend le fil de son raisonnement. Peut-être M. Dehousse et M. A.D. seraient-ils la même personne ? Si M. Dehousse pouvait le prouver, il hériterait d'une maison bourgeoise ancienne avec jardin attenant dans la banlieue de Lille à Lambersart. Moins les frais du cabinet généalogiste, évalués à quarante pour cent du montant net de la succession. Quand Meyer-Meyer en a assez de lui jouer la comédie de l'espion qui rencontre un autre espion, il le met à la porte en lui conseillant de s'adresser directement à la grande chancellerie de la Légion d'honneur pour tous renseignements personnels sur Albert Dehousse. Il est assez content de lui.

Albert et Servane rentrent de voyage de

noces. En deux mots Meyer-Meyer signale à Dehousse qu'un prétendu homme de loi est venu poser des questions à propos d'une maison dans le Nord. Il s'en est subtilement débarrassé en l'adressant à l'ordre de la Légion d'honneur. Albert sent le froid du couperet sur son cou. « Vous n'êtes quand même pas intéressé par une vieille baraque dans la banlieue de Lille, mon colonel, non ? »

Dans le mois qui suit, arriveront pratiquement le même jour l'avis du cabinet de généalogistes du Cateau-Cambrésis signalant à Albert qu'il a hérité d'un immeuble sis à Lambersart, moins quarante pour cent de frais ; et les deux gendarmes porteurs de la convocation à Paris d'un juge d'instruction, motif : port illégal de décoration. Bien sûr il n'y avait pas de dossier au nom de Dehousse, ni à son vrai nom, à la grande chancellerie de la Légion d'honneur. Ah oui, troisième message urgent. Yvette annonce son arrivée à Baden-Baden et embrasse Albert tendrement. Jamais elle n'avait douté qu'ils se retrouveraient. « Bons baisers. » Oui, les bons gros baisers mouillés d'Yvette.

Albert n'ose revoir ni Servane, ni personne, et part directement avec les gendarmes pour Paris en laissant un mot sur son bureau : « Absence pour raison impérieuse. Durée imprévisible. » Très vite l'enquête fera apparaître qu'aucun mouvement de Résistance ou organisation militaire n'a la moindre trace de l'existence d'Albert Dehousse ou d'une quelconque activité de sa part ; mais aussi nettement, qu'il a été officiellement désigné à la tête des services secrets français en Allemagne sans qu'il n'ait rien demandé. Jusqu'à nouvel ordre, ce n'est pas un délit. De même on ne peut pas l'accuser de port illégal d'uniforme, le règlement de la zone française lui en affectait un comme à tous les « assimilés ». De même, en raison de sa fonction, pour les galons. Quant au port de la Légion d'honneur, l'ordre écrit du commandant en chef empêche de poursuivre si l'on veut éviter le ridicule. Rage et stupéfaction des juges : voilà un imposteur historique, qui n'a pas fait la guerre et se fait passer aussi discrètement qu'efficacement pour un héros, qui a occupé dans l'administration française de très hautes fonctions sans aucun titre, et il n'y a pas un seul chef d'inculpation !

Si, bigamie. Albert a quitté Yvette sans avoir divorcé et s'est marié avec Servane ayant déjà une épouse légitime. Le maximum pour bigamie, voilà ce qu'il aura au tribunal.

Le témoignage émouvant de fidélité de Meyer-Meyer qui pleure en se sentant coupable, par goût de la dérision, de n'avoir pas vu le danger, ne changera rien. Ni celui d'Yvette, ni celui de Servane. Beaucoup d'autres amis sont absents. Le tribunal a d'ailleurs limité les témoignages au strict minimum pour éviter de placer en situation gênante des personnalités importantes.

Les deux femmes d'Albert qui se rencontrent chez le juge d'instruction, puis au parloir de la prison, se sont prises d'amitié l'une pour l'autre. C'est Servane qui a fait le premier pas en embrassant Yvette, qui voulait mais n'osait pas. Toutes deux ont beaucoup pleuré en pensant à Albert qu'elles aiment toujours autant. Alors elles décident de continuer à l'aimer ensemble. Au procès, elles sont arrivées côte à côte, et le procureur trouve que « c'est un spectacle indécent, une manière d'insulter la société ». Le président prononce le huis clos au nom du secret d'État.

Albert, seul, médite sur sa chute. Qu'est-ce qui n'a pas marché ? C'est l'héritage de Lambersart qui l'a fait tomber. Comme elle est longue notre queue de pauvre diable par où vous tire le passé. Peut-être est-ce justice. Il aimait trop la vieille maison, il doit tout à ses rideaux en peluche grenat, ses parquets cirés, l'odeur fade des placards où il se cachait pour jouer, à ses livres d'aventures rouge et or, au jardin mystérieux où manœuvraient des flottes de guerre après la pluie. Vous appartenez à ce qui vous appartient. On n'a pas le droit d'abandonner. La vieille maison s'est rappelée à lui. Justice.

Quand Albert sort de prison, libération anticipée pour bonne conduite, ses deux femmes l'attendent à la porte après la levée d'écrou. Yvette, qui n'a pas de voiture, a pris l'habitude d'être transportée par Servane. Ils partent naturellement tous les trois ensemble, Servane et Albert devant, Yvette sur la banquette arrière. Albert ne veut pas retourner dans le Nord. Ils descendent dans le Midi profiter du soleil, voir Saint-Tropez comme des touristes. A l'hôtel ils prennent deux chambres mais dorment dans une seule en déménageant les lits. Servane appelle Yvette « maman » comme le fait Albert.

Quelques années plus tard, la presse a publié de nouveau une photo d'Albert Dehousse. Il avait été arrêté du côté de Nice pour exercice illégal de la médecine. Pendant qu'il était en prison il avait lu beaucoup de livres médicaux. Il disait : « C'est facile, il n'y a qu'à regarder dans le Vidal. » Et aussi la phrase salvatrice en cas de pépin : « Je vous conseille d'aller voir un spécialiste dont voici le nom. » Avantages : le malade, qui trois fois sur quatre ne l'est pas mais cherche seulement à ce qu'on s'intéresse à lui, est heureux. Son cas est sérieux, puisque le docteur l'a renvoyé à un spécialiste... Les confrères trouvent que vous avez bonne mentalité et font votre éloge.

Qu'est-ce qui n'avait donc pas marché cette fois-là ?

Je cherche dans mes souvenirs. Non, pas d'héritage intempestif. Pas d'incident professionnel avec les clients : de braves retraités heureux d'être écoutés, maintenant que les curés n'entendent plus en confession. Un bonheur tranquille dans une jolie maison avec un pêcher et quatre oliviers en bout de jardin, un puits qui grince, une treille précoce pas mauvaise et, si on pousse jusqu'au coin de la rue, vue sur la mer. Yvette fait tourner la maison, manie le balai, cuisine. Elle chantonne tout le temps. Albert est pour elle comme un grand fils affectueux. Elle n'a jamais demandé beaucoup plus qu'une bonne boule chaude à sa disposition, une sorte de grand ours en peluche. Elle chouchoute Servane qui en retour l'adore comme la mère qu'elle n'a pas eue. Servane, très chic en infirmière, blouse boutonnée sur l'épaule, ouvre la porte aux patients et parfois fait une piqûre « juste pour dépanner ». La passion d'Albert est toujours aussi vive. Il perd un peu ses cheveux mais pour la clientèle, cela fait sérieux. Quel bonheur paisible et familial, chacun à sa juste place et tous réunis. Qu'est-ce qui n'a pas marché cette fois-là ?

Il y a eu plainte du Conseil de l'ordre, je m'en souviens. Mais c'est plus tard que les autorités s'apercevront qu'Albert Dehousse n'avait aucun diplôme de médecine. Plus tard que les lettres des clients guéris par lui — et qui veulent témoigner — feront un dossier épais comme deux annuaires de téléphone. Alors... Ah ! oui, l'accident dans une rue où Albert passe par hasard. Un couvreur portugais est tombé du toit d'un cabanon. La foule se presse pour regarder, étouffe le malheureux. La suite paraît tirée des livres d'aventure et d'héroïsme qu'il lisait enfant avec tant de passion à Lambersart. Albert écarte les badauds d'un ton froid et ferme : « Laissez-moi passer, je suis médecin. » Il dégage le col, tâte la victime, lui actionne la langue, lui prend le pouls, lui presse les côtes pour qu'il retrouve son souffle. En fait, le Portugais n'a rien : la surprise et le choc l'ont seulement cueilli comme un direct au creux du foie. « Relevez-vous, mon brave, dit Albert. Vous ne battrez pas tout de suite le record du cent mètres, mais je vous garantis que vous pouvez rentrer chez vous sur vos deux jambes. » Le couvreur se relève, essuie ses genoux, ses coudes, fait quelques pas. La foule applaudit Albert.

Un témoin a noté le numéro de sa voiture. Ce sont les pompiers ou le syndicat local des ambulanciers libres, je ne sais plus, qui saisiront le Conseil de l'ordre. Il paraît qu'un accidenté sur la voie publique relève d'eux, et d'eux seuls. Il y aura enquête, puis plainte et procès. Tant pis. Le moment où la foule s'écarte en entendant « je suis médecin », le moment où l'ouvrier se relève, se tâte, fait un pas, le moment où la foule applaudit, ce sont quand même de grands souvenirs. Tant pis si tout tourne toujours mal. Et pourquoi ? Dans la vieille maison, sans doute une enfance trop heureuse.

12

LE VENT A REPRIS

TANGER a mauvais genre. Je veux dire qu'on ne peut pas savoir quel genre est le sien. Il y a des villes féminines, Séville par exemple. D'autres masculines : New York. Mais Tanger ? Douteux comme l'étaient les bars des années trente où les dames portaient smoking et cheveux courts.

Le climat aussi est mauvais, comme si ce qu'il y a de sec dans la Méditerranée et d'humide dans l'Atlantique s'étaient ici unis pour le pire : le poisseux. J'aime Tanger. Personne ne cherche vraiment à savoir qui vous êtes ni qui vous avez été. Le vent chasse au loin la poisse et les identités.

Malheureusement le vent trop fort peut rendre fou. En face du détroit côté européen, Tarifa est la ville d'Espagne où l'on se suicide le plus. Le vent n'y cesse pratiquement pas. Les cours de justice en Autriche et en Bavière considéraient comme circonstances atténuantes en cas de crime ce vent chaud qui tombe des sommets et qu'on appelle fœhn. A Tanger, le vent pourrait excuser beaucoup. Il vient de reprendre. S'il avait continué toute la nuit, jamais je n'aurais eu la force de raconter l'histoire d'Albert Dehousse. Je n'osais pas le faire depuis quarante ans. Qu'est-ce qui m'arrêtait ? J'ai été Albert Dehousse.

Il faut que je dise encore ce que mes compagnons sont devenus. Boutin, qui était le seul à avoir vu clair dans mon jeu, eut tout Baden contre lui. Les mêmes qui refusèrent d'aller témoigner en ma faveur condamnèrent en privé son attitude. Il a été tué par une mine sous sa voiture dans une obscure embuscade au début de la guerre d'Algérie. Je me rappelle les commentaires de ses collègues qui avaient oublié son héroïque jeunesse : « Pauvre Boutin, il n'a jamais eu de chance. » Le commandant Leguen demanda à partir pour l'Indochine où il rejoignit un commando plus connu pour le pillage des temples et le trafic des piastres que pour le maintien de l'ordre. M'avoir connu, admiré, puis le choc de mon arrestation et de ma condamnation avaient transformé cet homme droit en ruffian sans scrupules. Il a quitté l'armée avant qu'on ne le lui demande et fut le premier de nous tous, dans les années cinquante, à s'être établi à Tanger. Ses affaires sont restées prospères. Il a une superbe propriété sur la Côte d'Azur, où il ne va que quelques mois par an pour des raisons fiscales. Il la prête à des ministres, me dit-on. Moi, je l'aime bien et je prends sa défense.

Pierre, le fusillé qui gardait les yeux ouverts ? Aujourd'hui dans l'immobilier à Monte-Carlo. Comme il avait été chauve très jeune, les autres à Tanger le faisaient passer pour le banquier du groupe à la grande époque des Corses du « Combinatie » et du trafic des cigarettes blondes. Il a échappé à plusieurs règlements de comptes. Il gagne beaucoup d'argent mais il en dépense encore plus en pensions alimentaires. Il en est à sa cinquième ou sixième épouse légitime : il est possédé par la fureur de trouver l'éternel féminin et de le domestiquer. Cela doit avoir une explication psychanalytique.

Le cher Meyer-Meyer est le plus fidèle de tous. Il ne passe pas six mois sans me rendre visite. Après la fin de notre coopération à Baden-Baden, il a démissionné de l'armée et s'est engagé comme tueur au service du groupe Stern ou de l'Irgoun Zwaï Leumi ; je ne sais plus. C'était juste après le drame de l'*Exodus*. Puis il a eu une période exotique dans le tourisme sportif polynésien. Ensuite il nous a rejoints à Tanger. Sa résidence principale est aux Antilles dans la partie hollandaise de Saint-Martin. Je crois que pour lui comme pour les autres, j'ai empêché toute existence normale. Ma réussite avait été trop éclatante, ma chute trop surprenante. J'ai dû leur donner un volume excessif de rêve, puis le leur enlever comme on coupe l'oxygène à ceux qu'on tue sur la table d'opération. Ce n'est quand même pas simple hasard s'ils m'avaient nommé président d'honneur du club des morts-vivants. Voici le plus beau titre que j'aurai porté, et d'une certaine façon, mérité. Combien sommes-nous de morts, morts une ou plusieurs fois, et qui continuons à vivre une autre vie qui n'est pas la nôtre...

Il faut que je ferme la porte-fenêtre. Le vent va tout casser dans la maison. Un jour, ce vent de Tanger me rendra fou.

Yvette est morte il y a vingt ans d'un cancer

du sein. A l'époque (c'était après la plainte pour exercice illégal de la médecine), nous habitions tous les trois l'Amérique centrale. J'avais monté un restaurant français, avec Yvette aux fourneaux et Servane à la réception. Nous avions beaucoup de succès. Dans la ville où nous étions établis, il n'y avait pas de consul français de carrière. L'ambassade m'avait fait nommer consul honoraire. J'avais une plaque diplomatique sur ma voiture. Les autorités locales m'appelaient « Excellence ». Malheureusement il n'y avait pas non plus de bon médecin qui aurait pu sauver Yvette. Elle qui adorait tellement la vie, qui était si douce et si naturellement heureuse, elle se tordait de douleur sur son lit en criant : « Je vous aime, je vous aime. » Servane et moi, nous lui tenions chacun une main, nous pleurions. Yvette suppliait : « Partez, je ne veux pas vous voir pleurer. » Je n'avais pu être présent à la mort de ma mère et souvent je me le suis reproché. Au moins, Servane et moi, nous aurons été avec Yvette jusqu'au dernier moment. Nous avons fermé le restaurant. Nous sommes partis.

Je n'en ai jamais voulu au monde des malheurs qui m'ont frappé, même si chaque fois j'ai dû recommencer ma vie en partant de rien, changer de nom, de fonction, d'habit. Sauf pour un mot... Ce soir, j'ai entrepris d'écrire ce récit au lieu d'aller dîner chez le consul général du Portugal, parce que le vent de Tanger a cessé un moment. Mais aussi parce que dans les souvenirs tourbillonnants du passé m'est revenu, comme la douleur d'une blessure, ce mot qu'on m'avait accolé : escroc. Cette blessure-là n'est pas fermée même si la cicatrice ne se voit pas.

Je peux le jurer : jamais je n'ai voulu tromper. *Jamais je n'ai trompé.* Ce sont les autres, les officiels, les puissants, qui se sont trompés. Jamais je n'ai menti. Ce sont eux qui ont cru entendre. Et quand je portais les cinq galons réglementaires, je faisais mon travail à la satisfaction de tous. J'ai été un bon chef des Services français en Allemagne. Et quand j'étais médecin, pas un de mes patients ne s'est plaint, au contraire. Alors, que peut-on me reprocher ? D'avoir trop souhaité que l'histoire soit aussi belle dans la vie que dans les livres ? Existe-t-il dans le code pénal un délit de rêve, un crime d'espoir ? Le bonheur que je trouvais en lisant, appuyé sur les coudes, couché dans le couloir de la vieille maison à Lambersart jusqu'à ce que ma mère m'appelle, ce bonheur est-il interdit, passé l'enfance ? Pourquoi est-il par les hommes si cruellement puni ?

Servane a été tuée par un chauffard, en traversant une rue pour aller s'acheter un paquet de cigarettes. J'ai cru que je ne survivrais pas. Pendant un an, j'ai été manchot, sans tête, sans cœur, sans jambes, une bête, une carcasse de bête morte. Je ne pouvais pas, physiquement, me passer d'elle. Elle était mes membres, mes sens, la circulation de mon sang. Peut-on comprendre cela ? Je n'avais pas d'autre peau que la sienne. En tuant Servane, on m'a écorché.

Leguen, Pierre, Meyer-Meyer et les amis de Tanger croient qu'ils m'ont sauvé en m'intéressant à leurs affaires internationales. Ce qui m'a permis de survivre, c'est l'idée qu'il pouvait me rester encore une autre vie. Les uniformes, les fonctions, les titres, j'en avais déjà beaucoup usé. Elle est grande, et longue, et riche, la garde-robe de mes souvenirs. Oui, j'ai été vraiment sauvé quand j'ai compris que je pouvais encore rêver en pensant à l'être que j'aimais, Servane.

C'est à moi de disparaître, pour mieux lui laisser la place. Quand nous tenions tous les trois, avec Yvette et Servane, un restaurant en Amérique centrale, j'avais reçu le petit-fils de l'illustre Robert Houdin. Il venait dans le pays étudier la possibilité d'un spectacle « son et lumière » sur fond de monuments précolombiens. Après le dîner, entre compatriotes, nous avons bu un verre. Il racontait les leçons d'illusion de son grand-père, et je me souviens encore de cette loi : « Faire apparaître est le plus facile, c'est faire disparaître qui est le grand art. » Faire apparaître, j'ai su. Cela ne m'intéresse plus. Maintenant, je disparais.

Il n'y a plus que Servane qui compte pour moi. J'ai pris son nom de jeune fille. Je porte la bague que je lui avais donnée à Baden-Baden, dont j'ai dû agrandir un peu l'anneau. Ainsi ai-je l'impression qu'elle continue à vivre. Comme si j'étais devenu ma propre veuve. Un veuf, on le plaint. Une veuve, on la respecte.

Et moi je suis mort depuis si longtemps, et si souvent.

Achevé d'imprimer en novembre 1996
sur les presses de l'Imprimerie Bussière
à Saint-Amand (Cher)

POCKET - 12, avenue d'Italie - 75627 Paris Cedex 13
Tél. : 01-44-16-05-00

— N° d'imp. 2481. —
Dépôt légal : mars 1991.

Imprimé en France